Mica

El diari blau de la Carlota

Narrativa, 272

Gemma Lienas

El diari blau de la Carlota

Editorial Empúries
Barcelona

Primera edició: febrer del 2006
Segona edició: juny del 2007

Editorial Empúries, Peu de la Creu 4, 08001 Barcelona.
correu@grup.com
grup62.com

Fotocomposició: Víctor Igual, s. l.,
Peu de la Creu, 5-9, 08001 Barcelona.
Imprès a Novagràfik, s. l., Pol. Ind. Foinvasa
Vivaldi, 5, 08110 Montcada i Reixac
Dipòsit legal: B. 26.872-2007.
ISBN: 978-84-9787-169-3.

A les meves amigues, amb les quals formem una xarxa:
Consuelo Barea, Sara Berbel, Montse Boix, Tona Casanelles,
Rosa M. Fernàndez, Mireia Lienas, Laura Lienas, Àfrica Lorente,
Montserrat Minobis, Lourdes Muñoz, Mary Nash,
Carme Olivera, Raquel Querol, Isabel Ramírez, Pilar Remírez,
Carme Santafè, Marta Vilagut

El feminisme mai no ha matat ningú.
El masclisme mata cada dia.

BENOITE GROULT

(...) és simplement una víctima. És com una d'aquestes granotes a les quals una gegantina aranya d'aigua els succiona la vida sense que tinguin ni la més petita idea del que els està passant.

JOYCE CAROL OATES

AGRAÏMENTS

A EN FERNANDO CLAVERO pel seu feminisme i les seves aportacions referides a les lleis i a la història.

A la Consuelo Barea, per la seva generosa aportació en materials i experiències.

A la Montse Espanyol, per una carpeta plena de documents de gran utilitat.

A l'Antonio Andrés Pueyo, que em va obrir les portes del curs d'estiu de la UB sobre violència.

A Ester Gimeno, que em va proporcionar dos llibres importants.

A l'Anna Chavarrias de Tamaia, per tota l'ajuda en qüestions de violència sexual.

A l'Albert Company, que va fer més amable la meva tancada solitària a Fogueres de Montsoriu.

PRÒLEG

MAI NO M'HAURIA IMAGINAT que arribarien a existir uns quants diaris de la Carlota, cadascun d'un color diferent. De fet, quan em vaig inventar aquest personatge pensava que protagonitzaria una novel·la —*Així és la vida, Carlota*—, i prou. Anys més tard, però, les ganes de rehabilitar els termes «feminisme» i «feminista» embrutats, trepitjats, adulterats, tergiversats, descafeïnats i enverinats per moltes persones —totes elles al servei de l'ordre establert: el masculí— i la necessitat de reivindicar una lluita —la dels drets de les dones— que encara és lluny d'haver assolit els objectius, em van portar a convèncer la Carlota perquè ho expliqués ella mateixa, amb la seva veu i els seus propis exemples, i mirés de traslladar el missatge a la gent jove. I el missatge de *El diari lila de la Carlota* va arribar no tan sols a la gent jove sinó també a la gent adulta... Bé, per ser fidel a la veritat: a moltes adultes i a uns quants adults.

Mentre la Carlota escrivia el diari lila, jo m'adonava que hi havia aparegut un tema molt important que no podia liquidar-se amb tres o quatre pàgines, la sexualitat, però en el diari lila no hi havia més espai per parlar-ne. Sense voler-ho —com em passa amb totes les idees per als meus llibres—, l'embrió es va anar desenvolupant en el meu cervell i, quan me'n vaig adonar, ja s'havia fet tan gran que em calia convèncer el meu personatge perquè escrivís *El diari vermell de la Carlota*. Aviat ella i jo vam tenir clar que, sense la perspectiva d'un noi, el llibre quedaria coix: donaria el punt de vista femení sobre la sexualitat, però hi mancaria el masculí. Ràpidament em vaig posar a crear un personatge adolescent que pogués escriure el seu diari amb ulls de noi, fins que la Carlota em va clavar un cop de colze i em va recordar que ja en teníem un: en Flanagan, i que els seus pares literaris, l'Andreu Martín i en Jaume Ribera, homes polifacètics i amb prou empenta com per apuntar-se a qualsevol bogeria, probablement estarien encantats de participar en l'experiment. El llibre resultant —*El diari vermell de la Carlota*— de nou va interessar un públic lector que anava —si els meus càlculs no fallen— dels 13 als 75 anys.

I altre cop també, mentre la Carlota teclejava sense descans —i lligava amb dos nois de primera, tot s'ha de dir—, jo era conscient que havia aparegut un tema que ja començava a demanar un altre diari. Quan vaig dir a la meva adolescent de paper que havíem d'escriure *El diari blau de la Carlota*, va arrufar el nas. Explotadora!, em va engaltar. Però quan li vaig explicar quin en seria el tema, va canviar totalment d'actitud. Compta-hi!, em va dir. Un diari sobre la violència de gènere és vital, perquè al món, cada 18 segons, una dona pateix una agressió pel fet de ser una dona, o sigui, per culpa dels estereotips de gènere que pesen damunt d'ella.

¿Què vol dir això? ¿Que les dones tenen una naturalesa tal que les duu a rebre cops? Rotundament no. ¿Que els homes tenen una naturalesa tal que els porta a agredir? De cap de les maneres. Això vol dir que, a tot el món, hi ha una estructura social —la patriarcal— que es fonamenta en les desigualtats home-dona, concedint preponderància als homes. Per mantenir aquesta desigualtat, els homes recorren a la violència, la societat ho tolera i les dones la pateixen.

Les dones lluiten per desbaratar aquests desequilibris. Al llarg de la història de la humanitat, les dones ho han intentat diverses vegades, però només ara, a finals del segle XX i a primers del segle XXI, es presenten per primer cop a la història de la humanitat unes variables que ho poden arribar a fer possible:

- Les dones tenen cada vegada més accés a l'educació. Una dona amb instrucció té menys probabilitats d'acceptar un paper secundari. Una dona amb instrucció té una independència de criteri que l'ajuda a no aguantar determinades situacions.
- Les dones tenen cada vegada més —malgrat els esforços en contra de grups fonamentalistes masculins— accés als mètodes anticonceptius. Una dona que controla els embarassos i decideix quan i quants fills i filles vol tenir és una dona que pot incorpo-

rar-se al mercat de treball i que té, doncs, independència econòmica.

• La Terra s'està convertint en un món globalitzat, la qual cosa té molts aspectes negatius però en té altres de positius. Un d'aquests aspectes positius és el fet que al planeta hi ha una gran mobilitat de persones i, conseqüentment, d'idees. Com més vagi, més difícil es farà mantenir les dones aïllades perquè no els arribin les idees d'igualtat. I, esclar, cada vegada més dones de totes les cultures s'hi apuntaran.

• Sense oblidar que les dones estem formant xarxes —gràcies entre d'altres qüestions a Internet, un mitjà barat al qual tenim accés—, i aquestes xarxes ens permeten transmetre uns missatges d'igualtat o ens permeten dur a terme campanyes de suport que ens mantenen estretament unides i esperançades.

Dit tot això, ens podem preguntar si som a prop o lluny d'eradicar la violència de gènere. Jo diria que lluny, molt lluny, pensament que es pot qualificar de catastrofista, però que jo veig, més aviat, com a realista. Qualsevol revolució —i la que estem duent a terme les dones a la terra ho és— té víctimes. Les persones aferrades al poder patriarcal no renunciaran tan fàcilment a aquest poder. És per això que durant uns anys encara veurem incrementar-se el nombre de víctimes. Lluitarem perquè en siguin ben poques, però, en tot cas, els exabruptes del poder patriarcal no faran fracassar la revolució.

Atès que altres violències, com l'escolar o la infantil, tenen mecanismes similars als de la violència de gènere, la Carlota va estar d'acord amb mi a incorporar-les al llibre. De manera que, finalment, aquí teniu *El diari blau de la Carlota*, tots els testimonis del qual són reals i actuals, només s'hi ha modificat el nom de les persones i aquelles qüestions que permetria identificar-les.

Us preguntareu si hi haurà un altre diari de la Carlota... Doncs, ara mateix no us ho vull dir. I espero que la Carlota em guardi el secret.

Llistat de pàgines web
http://www.nodo50.org/mujeresred/
http://www.mujeresenred.net/donesenxarxa/

http://www.redfeminista.org/
http://www.pangea.org/dona/
http://www.acosoescolar.info/
http://www.apramp.org/
http://www.dreaming.net.
http://www.pangea.org/dona/tamaia/
http://www.fada.voluntariat.org/
http://www.educarenigualdad.org/
http://www.ahige.org/
http://www.gemmalienas.com

LA BERTA S'ACOSTA fins a les escales, on la Mireia, l'Elisenda i jo som assegudes, descansant. Amb molta habilitat, la Berta aprofita la barana tubular que arriba fins a l'escala per fer una pirueta. Salta damunt del tub, que queda col·locat entre la segona i la tercera rodes, i hi llisca pel damunt convertint-lo en una mena de riell.

—Ostres! Un grind perfecte! —xiscla l'Elisenda.

La Mireia s'ha quedat amb la boca oberta i jo crido, entusiasmada:

—Ei! Boníssima, Berta!

—Més bona és la que ara us explicaré —contesta ella, després de saltar del tub i frenar just arran dels nostres peus.

Observem expectants com es treu el mòbil de la butxaca lateral del camal dels pantalons *càrrec*, mou el polze sobre les tecles del menú buscant en la seva agenda d'adreces.

—Mireu —diu, triomfal, posant-nos el mòbil sota els nassos.

A la pantalla veiem escrit: «Narcís» i a sota un número de telèfon.

—Uau! —cridem totes tres alhora. O potser no diem el mateix, però sí que expressem la mateixa admiració amb la mateixa intensitat. I és que, francament, haver aconseguit el telèfon d'en Narcís tan pocs dies després d'haver començat el curs és tota una gesta.

En Narcís és un noi nou de la classe. Està com un formatge. A totes les torna boges. A mi, no...

—Us el podeu confitar —dic.

Les meves amigues s'ho prenen de broma.

—Uuuuuh! —rondinen alhora per demostrar que no em creuen.

—Va de debò —em reafirmo—. Aquest any he decidit agafar vacances de nòvios. L'embolic que vaig viure amb en Flanagan i en Koert[1] i, sobretot, haver-ho deixat córrer primer amb en Flanagan i uns mesos després amb en Koert, em van fer venir ganes de descansar.

—¿N'estàs segura? —pregunta la Mireia, que no s'imagina la vida sense nòvios.

—I tan segura! —dic—. Em declaro en vacances sentimentals. Tinc ganes de disfrutar de mi mateixa. ¿No us heu fixat que ells, els nois, en són capaços?

Totes mouen el cap per dir que sí.

—Doncs he arribat a la conclusió que ells en són capaços només de joves. Fixeu-vos que, de grans, sempre necessiten una dona al costat. En canvi, a nosaltres ens passa a l'inrevés. De grans som capaces de viure soles i passar-nos-ho rebé. En canvi de joves, no entenem la vida sense estar enganxades a un noi.

Les meves amigues reflexionen. Aviat comencen a trobar, al seu voltant, exemples de la teoria que m'he tret de la màniga.

—Sí. La meva tieta té cinquanta anys i es va separar l'any passat. Diu que ara, tota sola, comença a viure la vida.

—Doncs el meu oncle a l'inrevés: es va quedar vidu als cinquanta-dos anys i va córrer a buscar-se una joveneta que té l'edat dels seus fills.

—I a casa, jo tinc l'exemple amb els meus pares: el pare, que ja viu amb la Lídia; la mare, que no viu amb ningú —dic jo. I afegeixo—: Doncs bé, no vull esperar a tenir cinquanta anys per saber què és viure amb mi mateixa.

Deixem la discussió en aquest punt perquè és hora de tornar a casa; gairebé és l'hora de sopar.

A les nou del vespre, em dic a mi mateixa que aquest ha estat un diumenge ben pacífic. Tot ha anat com una seda: m'he passat el matí estirada al llit llegint, el paparra del meu germà no ha posat la música a tot drap, la mare s'ha mirat la colossal pila de roba de la

1. Vegeu *El diari vermell de la Carlota*, Gemma Lienas, Editorial Empúries.

meva cadira i ha fet com si no la veiés, he dinat un arròs negre suculent gentilesa de la mare i en Marc i la patinada de la tarda amb la colla ha resultat perfecta.

En definitiva, poso la directa a la recta final del diumenge amb un estat d'ànim prou bo considerant que l'endemà toca entrar en la rutina de la setmana, m'assec al sofà per veure el telenotícies i, dos minuts més tard, sento, per expressar-ho de manera poc tràgica, que el món està malalt.

—Espantós! —diu la mare.

—Que terrible! —diu en Marc.

És evident que l'ànim de la meva mare i el del meu germà sintonitzen amb el meu. Deunidó que dos minuts siguin prou per deixar-nos la moral sota zero. Dos minuts, els necessaris perquè els titulars que obren el telenotícies ens hagin avançat imatges i informacions per posar els pèls de punta.

Les primeres tres notícies són de violència domèstica, diu la presentadora.

—Violència de gènere —rectifica la mare, que ja ho fa de tant en tant això de corregir els i les que parlen a la tele. I afegeix—: Després us ho explicaré.

La presentadora continua explicant que entre dissabte i diumenge hi ha hagut a l'Estat espanyol tres dones mortes a mans de les seves parelles, ja fossin el marit, el company sentimental, el nòvio o l'ex... A l'una, de 29 anys, el seu assassí l'ha mort d'una pallissa. Diu el paio que estaven discutint i se li ha escapat la mà, que no tenia intencions de matar-la.

—No, ja es veu —diu la mare amb veu d'acer—, estava mirant de resoldre el conflicte pacíficament, ¿oi?

A una altra, de 43, continua la presentadora, l'assassí l'ha estrangulada amb el cinturó. Durant el reportatge in situ, un periodista acosta el micro a un veí, que corre a donar la seva opinió: la dona xatejava i el marit, convençut que s'havia enamorat d'un altre a través d'Internet, l'ha liquidada.

Mosca, em miro la mare. Com que no diu res, ho deixo anar jo.

—Quina barra! —m'exclamo—. Ni que sigui veritat, el telenotícies no ho hauria de dir, ¿no trobes? És una bestiesa posar la carxofa a la boca del primer que passa...

—Tens raó. Plantejada la informació d'aquesta manera, indueix a interpretacions retorçades. Moltes persones segur que ja tenen al cap, ni que sigui de manera involuntària, la idea que ell l'ha matada, sí, però que ella, provocant-lo, s'ho ha buscat.

Tercera notícia: una noia de 18 ha estat trobada a casa seva amb un ganivet clavat al cor i signes evidents d'haver estat violada. Les proves inculpen el nòvio, l'última persona amb qui va ser vista. El nòvio diu que no pot dir que sí ni que no hagi estat ell; que no es recorda de res perquè anava cec d'alcohol i cocaïna.

—Que còmode no recordar-se'n, ¿oi?

—I que ruc, el paio! —diu en Marc—. No sé pas per què ho confessa. Si tens un accident de cotxe i, al damunt, dónes positiu en la prova d'alcoholèmia, ja has begut oli! Et cau un puro més gran que si no anessis col·locat. I a ell li passarà el mateix...

—Doncs, no —aclareix la mare—. En aquest cas, la cocaïna i l'alcohol seran atenuants i no pas agreujants.

En Marc em mira, perplex. Jo també ho estic. La mare fa un gest amb la mà perquè callem.

Més notícies d'aquest cap de setmana: dos cotxes bomba a Bagdad, amb el resultat de 125 morts i una pila de ferits.

—Els efectes col·laterals de la guerra de l'Iraq que van emprendre, contra l'opinió dels ciutadans i ciutadanes del món, en Bush, en Blair i l'Aznar —dic.

—Al pas que van, aviat no quedarà ningú viu a l'Iraq.

—Potser aquesta era la pretensió; d'aquesta manera, occident aconseguia el control del petroli —diu la mare, sorneguerament. I afegeix—: El trio de la benzina també havia fet un curset intensiu sobre la resolució pacífica de conflictes, ja es veu.

I encara més notícies terrorífiques: l'huracà Katrina ha devastat la ciutat de Nova Orleans. Més de deu mil persones —totes negres, totes pobres— estan esperant que les treguin del centre de convencions, on les van obligar a arrecerar-se abans que la ciutat desaparegués sota les aigües quan els dics de contenció del llac Pontchartrain i del riu Mississipí es van trencar. Fa tres dies que no tenen aigua potable, ni menjar, ni higiene de cap mena, ni informació, totalment abandonats a la seva sort...

—Com si fossin al tercer món —diu en Marc.

—Com pots veure, hi ha zones dels Estats Units que ho són i persones que viuen, en condicions molt precàries al país més ric de la Terra —comento jo.

—I a París —diu la mare, assenyalant la pantalla, que mostra la imatge d'un hotel en flames.

La presentadora explica que el foc va començar probablement per culpa d'un curtcircuit. Pel que es veu, les instal·lacions elèctriques d'aquesta mena d'edificis són antigues i ronyoses. I pel que es veu també, és en aquests hotels desastrats que el govern instal·la els i les immigrants, de manera que, de les dotze persones mortes, no n'hi ha cap de francesa, ni de pell blanca, ni de rica.

—I aquest estiu ja n'hi ha hagut tres, d'incendis colossals —dic jo. I m'esgarrifo de pensar en la quantitat de nens i nenes que s'han cremat aquest agost a la capital francesa.

—Quanta violència! —sospira la mare.

—Dona... —vol precisar en Marc—, les morts de les dones i els atemptats a Bagdad sí que m'ho semblen, però no crec que les ciutats que s'inunden per culpa dels huracans o els edificis que es cremen per un problema elèctric tinguin res a veure amb actes violents.

—Doncs sí, d'alguna manera també és violència. Posem per cas, a Nova Orleans, les autoritats saben que l'huracà serà molt destructor i donen ordre d'evacuar la ciutat. Però tu no tens cotxe per tocar el dos, ni tampoc targeta de crèdit per sobreviure en un altre estat. ¿Com pretenen que fugis? ¿I qui són els que estan atrapats al centre de convencions, o sigui, els que no han pogut abandonar la ciutat? ¿Els rics que vivien als barris elegants de la ciutat o els més desafavorits?

—Els que no tenen recursos —diu en Marc—. I, per cert, tots són negres; no hi he vist blancs.

—Exacte! És una forma de discriminació i, doncs, de violència. Com el que ha passat a París, on les persones mortes eren immigrants allotjats en edificis sense les condicions pertinents.

—Ah! —reclama en Marc—. Ens has d'explicar per què s'ha de parlar de violència de gènere i no pas de violència domèstica.

—Ni tampoc de violència familiar. Perquè usant les expressions «domèstica», és a dir, de dins de casa, o «familiar», és a dir, relativa a la família sembla que et refereixis només a la que té lloc dins les quatre parets de casa.

—O sigui, un home mata la seva exparella... —apunto.

—Sí. O bé un home que l'atonyina. Però, en canvi, totes les situacions de violència social, que n'hi ha i moltes, o les situacions de violència laboral queden esborrades darrere les expressions «domèstica» o «familiar». A més, anomenant-la d'aquesta manera, sembla que estiguis parlant d'una qüestió privada, que s'ha de resoldre en privat. No oblideu que durant anys i encara no fa pas massa, el que passava a dins de casa es considerava que afectava només els de la família i, per tant, ningú no hi havia d'intervenir.

—«Entre marit i muller embolicar-s'hi és mal fer», que diu el refrany —recordo.

La mare assenteix i continua:

—En canvi, si s'anomena «violència de gènere», queda clar que és una qüestió pública que afecta tota la societat i no només l'home que pega la seva parella. A més, «de gènere» vol dir que és una violència específica que reben les dones a tot el món pel fet de ser dones, és a dir, pel seu gènere...

—Sexe, deus voler dir —interromp en Marc.

—No, gènere vull dir. O sigui, és una violència que no depèn de la biologia —de tenir un penis— sinó de la cultura —de la manera com han estat educats els homes.

La mare ens mira amb expressió dubitativa. De seguida, continua:

—Em sembla que ja us ho he explicat altres vegades: el sexe és biologia. El sexe és la condició orgànica amb què naixem els éssers vius, és a dir, el que fa que siguem femelles o mascles. En canvi, el gènere és cultural; són les característiques que la societat estableix per a una dona o per a un home. Com que són apreses, són modificables. Per exemple, al segle XVIII Rousseau, un filòsof, va escriure en un llibre seu molt conegut: «A gairebé totes les nenes petites els desagrada aprendre a llegir o a escriure, en canvi, els encanta aprendre a cosir».

—Aj! —exclamo jo, a punt de tirar-me per terra d'un atac d'incredulitat. Mai no he suportat fer anar el fil i l'agulla i, si he après a cosir-me un botó o la vora dels pantalons, és perquè a casa s'han entossudit a fer-nos autònoms a mi i a en Marc. En canvi, llegir és la meva passió, més que no pas ho és per a la majoria de nois de la meva classe.

—És possible que al segle XVIII les nenes no tinguessin gaire interès per l'aprenentatge de la lectura —diu la mare—, però no pas perquè fos una característica sexual sinó perquè era una característica de gènere, o sigui, apresa. Durant segles, a les noies no els havia estat permès l'accés a la formació i, en canvi, els ensenyaven a fer labors. Consegüentment, les noies preferien l'agulla. Ara, tant els nens com les nenes tenen l'obligació d'aprendre a llegir i, per tant, les nenes —com els nens— mostren interès per aquesta activitat. O sigui, aquesta característica de les nenes s'ha modificat perquè era una característica de gènere, no pas de sexe.

—D'acord —diu en Marc—, no sé si ja m'ho havies explicat alguna altra vegada, però aquest cop em sembla que no ho oblidaré.

—La violència de gènere, per tant —reprèn el discurs la mare—, és una violència específica que pateixen moltes dones a tot el món pel fet de ser-ho, ateses les desigualtats que tradicionalment hi ha hagut entre homes i dones. Aquestes desigualtats tenen el seu origen en la societat patriarcal, la idea bàsica de la qual és que els homes són superiors a les dones. Educats en aquesta concepció, els homes es consideren legitimats per utilitzar la violència contra les dones. I elles, educades com a éssers inferiors, acaben creient-s'ho.

—I això de la societat patriarcal, ¿com i quan va començar? —pregunta en Marc.

Sona el telèfon. La mare diu que m'hi posi jo, que segur que és alguna de les meves amigues...

—Enganxifoses —afegeix en Marc.

—Tu sí que ets enganxifós, bunyolet! —m'alço per anar a buscar el telèfon mentre dic—: Mare, no continuïs fins que jo torni.

—Entesos —diu.

Un a zero a favor de la mare: és la Mireia.

—Tinc molt poqueta estona per parlar —li dic perquè, tot i com m'agrada xerrar amb ella, em pica la curiositat pel que ens estava explicant la mare.

—¿Control maternal? —fa ella.

Jo no dic res i deixo que s'imagini que tinc ordres estrictes de no penjar-me al telèfon més enllà de cinc minuts.

—Com que no et connectaves al messenger, he hagut de recórrer al telèfon —es justifica.

—D'acord, d'acord.

—¿Preparada per a una notícia insòlita?

—Preparada —responc.

—He rebut un anònim.

—¿Un anònim? ¿Una carta sense firmar amenaçant-te de mort? —salto jo, que, pel que es pot comprovar, tinc el tema de la violència fent-me tombs pel cervell.

—¿Què dius? ¿Amenaces de mort? I què més...! ¿Et penses que t'ho explicaria amb aquesta veu?

No. És cert. Pel to amb què m'ho ha dit, no sembla gens atemorida; si per cas, divertida, interessada...

—És un anònim d'amor.

—¿I què diu? ¿Has reconegut la lletra? ¿Tens idea de qui pot haver estat?

—La lletra no la puc pas reconèixer perquè és un text picat i imprès. I pel que fa al missatge diu: «sé que amb tu podré somiar per sempre més, fer-ho tot realitat, no hi ha un racó en el meu planeta on pugui estar i deixar de pensar en tu». Impressionant, ¿no trobes? Ni amb mil anys per davant se m'hauria ocorregut una frase d'amor tan brillant. Em desfà!

—Brillant, sí, però no gaire original. Abans que ell —o ella, vés a saber!—, això ja ho va dir Lax'n'Busto.

—Ah! —diu la Mireia una mica desinflada—. No ho sabia.

Ara em sap greu haver-li deslluït l'emoció. No l'hi hauria d'haver xerrat.

—Bé. Tant hi fa. El cas és que et manifesta el seu amor, la seva admiració. ¿I ja saps qui és?

—Francament no, però m'agradaria que fos en Narcís.

Ai, en Narcís! Ja veig que aquest curs trencarà uns quants cors.

Amb la idea tan reconfortant d'un anònim sortit de la mà d'en Narcís volant-li pel caparró, deixo la Mireia i me'n vaig cap a la sala.

—¿On érem? —pregunto.

—Al naixement de la societat patriarcal.

—Probablement comença a la prehistòria, potser fa entre quatre mil i sis mil anys, quan la supervivència de l'espècie era el primer objectiu de la humanitat. I la supervivència passava perquè les tribus tinguessin dones joves, és a dir, dones capaces de parir criatures. Aviat les noies joves es van convertir en el bé més preuat. Eren el botí més desitjat per part de les tribus enemigues i el regal més ben rebut per part de les amigues. Molt possiblement, aquesta va ser la causa que les dones es convertissin en mercaderia a mans dels homes i, doncs, que estiguessin sota la seva autoritat. Aquí va començar el procés de cosificació de les dones.

—¿O sigui, que les dones éreu una mena de cromos? —pregunta en Marc.

—Encara ho som —li dic—. Recorda que hi ha nenes obligades a casar-se amb paios molt més grans que elles, en una mena de pacte econòmic entre famílies.

—És una situació —diu la mare—. Una altra, per exemple, és el tràfic sexual. Milions de nenes i dones són utilitzades com a mercaderies per les màfies i obligades a prostituir-se.

—I encara una altra, que vaig veure fa poc en un programa de debat a TV2 —afegeixo—: un home parlava de la seva «agència matrimonial», on tenia un catàleg de noies ucraïneses a l'abast dels homes d'aquí que busquen una esposa de les d'abans, submisa, disposada a quedar-se a la llar ocupant-se del marit i de les criatures, i sense ambicions professionals.

—Dit d'una altra manera, el paio tenia una mena de catàleg de venda de dones —diu la mare.

—Pel que es veu, sí —dic. I afegeixo amb malícia—: Quan arribin aquestes ucraïneses els haurem de regalar *Rebels, ni putes ni submises*[2] perquè es revoltin contra l'opressió d'aquests homes amb mentalitat tan reaccionària.

—Fantàstic! —riu la mare—. Anirem contribuint a la globalització de les dones emancipades! I aquesta sí que és una mena de globalització interessant.

—¿Més sobre la història del patriarcat...? —demana en Marc.

2. Vegeu *Rebels, ni putes ni submises*, Gemma Lienas, Editorial Empúries.

—Només una última qüestió i ja acabo: situem-nos a l'Imperi romà, que queda molt més a la vora nostra i que, de fet, ens llega la llengua, les lleis, els costums, la religió... Les famílies romanes eren patriarcals. *Família* és una paraula que ve de *famulus*, que volia dir «esclau». El pater familias era l'amo de la casa, dels béns i de tots els qui vivien amb ell, o sigui els seus esclaus, inclosa la seva dona i les concubines. El pater familias era, esclar, l'encarregat d'administrar els càstigs a qualsevol esclau o esclava, fos la dona, un fill, una filla, un criat...

—Carai, quina figura tan simpàtica, la del pater familias!

—Ja pots comprendre que, d'amor, en generava poc i de por, molta.

—I quina etimologia, la de la paraula *família*...!

—I l'etimologia encara ara marca el que és sovint aquesta institució. La família reprodueix el desequilibri de poder en la societat: els homes manen i posseeixen els béns; les dones són manades i sovint no són propietàries de res —diu la mare. I, després, tanca el tema afegint-hi—: Queda clar, doncs, que la violència de gènere és la que pateixen les dones a les mans dels homes, que així exerceixen el poder que la societat patriarcal els atorga.

—Protesto! —crida en Marc—. Jo no he agredit mai la meva parella. Ni ho faré mai. I els meus amics segur que tampoc no ho faran.

Li pico l'ullet perquè és la primera vegada que reconeix davant la mare que ha tingut nòvia.

La mare, potser perquè no se n'adona o potser perquè no ho considera el moment oportú, fa com si fos del tot normal que en Marc, el noi que es lamentava de no tenir sex-appeal,[3] ara tingui atractiu sexual i parella.

Jo aprofito l'aturada de la mare per posar-me de part d'en Marc... i de part d'en Flanagan i en Koert i en Carles i en Gabi i el meu pare i en Pep, l'amic de l'àvia Anna, i de part de molts altres homes que segur, segur, segur que mai no maltractarien ningú.

—Estic d'acord amb en Marc. A la meva classe tampoc no hi ha cap maltractador, ni present ni futur.

3. Vegeu *Ets galàctica, Carlota*, Gemma Lienas, Editorial Cruïlla.

—M'encantaria pensar que tens raó, però no n'estic segura...

—Hi poso la mà al foc!

—No l'hi posis, que et pots cremar.

—Ah, ¿sí? ¿Per què?

—Doncs, per diverses raons —diu. I allarga la mà per agafar el diari del damunt de la tauleta baixa i continua—: Avui el diari porta unes estadístiques segons les quals a l'Estat espanyol hi ha un nou per cent de dones que diuen haver patit en algun moment de la seva vida violència de gènere. Si tenim en compte que sovint una dona no s'adona que el marit o el nòvio la maltracta o que, si n'és conscient, no ho vol admetre en públic, les estadístiques no són més que una petita mostra del que és la realitat. Es calcula, doncs, que la xifra de maltractades pot situar-se entre el deu i el trenta per cent.

—O sigui, com a mínim una de cada deu dones, però potser tres de cada deu... —dic jo mirant en Marc, que em fa una ganyota com dient que ja s'ho sap calcular solet.

—Exacte! —la mare passa olímpicament de les ganyotes d'en Marc i agraeix els meus comentaris—. I això vol dir que, posem per cas, en classes com les vostres on hi ha una mitjana de vint-i-quatre alumnes —per fer-ho fàcil considerarem dotze noies i dotze nois— pot haver-hi d'una a tres noies futures maltractades per la seva parella i, molt probablement, doncs, entre els nois també hi ha algun futur maltractador.

—O sigui que, segons aquestes xifres, jo en conec algun.

—I també alguna maltractada —diu en Marc. Fa una ullada cap a les parets de la sala i cap al sostre—. Qui sap si la veïna del costat o la de dalt... En tot cas, jo t'asseguro que no formaré mai part d'aquestes estadístiques, mare.

—Això espero de tu, perquè practicar la violència contra les dones no depèn de tenir un penis entre les cames sinó que depèn de les idees de dominació que interioritzis com a home. Com que tu has estat educat en uns valors diferents: en el respecte cap a les persones, siguin dones o homes, siguin blancs o negres, siguin del país o de fora, confio que reprodueixis el mínim possible els valors patriarcals. I com tu, altres nois, altres homes, es posarien com un gall de panses davant la insinuació que poguessin formar part del col·lectiu «maltractadors». Però, si de debò volen posicionar-se fora d'aquest col·lectiu, no en tenen prou de no practicar la violència sinó que cal, a més, no admetre-la. O sigui, han de lluitar-hi activament en contra.

—¿Vols dir com el que vam fer quan vam manifestar-nos contra la guerra de l'Iraq?

—Sí! Vull dir que la gent que està en contra de la violència de gènere no pot quedar-se quieta. De la mateixa manera que tota la gent que estava a favor de la pau va participar en aquelles concentracions a tot el món, caldria que les persones, en aquest cas els homes, ja que parlem d'ells, s'involucressin en la defensa dels drets de les dones, en la lluita contra la violència de gènere. La violència de gènere s'ha fet visible gràcies a les feministes, però per eradicar-la necessitem que la societat la vegi com un problema que ens afecta tots i totes i que cal modificar.

—O sigui que necessitem que els nois i els homes ajudin a combatre-la, ¿oi? D'aquesta manera sí que puc estar segura que no són maltractadors.

La mare fa que sí amb el cap i torna a mirar la fotocòpia de les estadístiques.

—Encara més dades —diu—. A casa se suposa que estàs entre aquells que t'estimen, però, sorprenentment, és més probable que una dona mori assassinada per una persona coneguda, generalment per la parella o exparella, que no pas per un desconegut. En canvi, per als homes la probabilitat és a la inversa.

La conversa s'acaba aquí, perquè és molt tard i demà ens haurem de llevar d'hora. Me'n vaig al llit pensant que aquest tema de la violència de gènere tot just fa pocs anys que és damunt de la taula. ¿Això significa que abans no existia?

—I tant que sí —em contesta l'endemà la Candela, la meva tutora, quan l'hi comento en sortir al pati—. El que passa és que abans no era una qüestió pública i, per tant, no sortia a la llum.

—¿Com si la vida es dividís en pública i privada, i es regís per normes diferents?

—Exacte. I a més, el lloc de la dona es trobava en la part privada, la que quedava a dins de casa. I a l'home se li reservava la part pública. En definitiva, els problemes familiars no sortien a l'exterior, perquè «els draps bruts es renten a casa». Com si, de portes endins, els delictes no fossin delictes.

—El pater familias aplicant les correccions pertinents —dic jo, recordant la conversa amb la mare.

La Candela em mira amb sorpresa:

—Sí, el pater familias, el senyor de la casa, a qui tothom devia obediència.

La Candela s'ha quedat en silenci, com si pensés en alguna cosa que la portés molt lluny del pati i de mi. De sobte, torna i diu:

—A més, com va dir fa anys un filòsof, allò que no té nom, no existeix. Per a molta gent, la violència de gènere ha començat a existir a partir del moment en què s'ha definit, en què han existit unes paraules per anomenar-la. Tu pots tenir al teu davant una realitat i no adonar-te'n perquè mai ningú no l'hi ha donat nom. A més, la gent ha pres consciència que existeix perquè s'ha començat a fer visible; com quan mirem una rajola amb pinzellades i només hi veiem taques, però, tot d'una, algú ens fa veure que algunes formen un dibuix, una papallona per exemple, i aleshores, ja només podem veure la papallona i no pas les taques d'abans. Doncs, el mateix ha passat amb la violència de gènere al nostre país.

La Candela es queda una altra vegada pensativa. Torna a anar-se'n lluny. Al cap d'uns segons, belluga el cap i afegeix:

—És més, estic segura que moltes dones que han patit o que pateixen violència de gènere no en són conscients fins que no en senten a parlar.

—O sigui que cal parlar-ne —dic jo, que començo a sentir que una idea em ronda pel cap.

—Ja ho tinc! —diu la Candela, just al mateix moment que jo faig un crit de comanxe, demostració palpable que acabo de parir la idea brillant.

—Tu primer —diu la Candela.

—Escriuré un diari sobre la violència de gènere —explico.

—Bona idea i, a més, es complementa perfectament amb el que jo et volia proposar: el treball de recerca que has de presentar a final de curs, fes-lo sobre violència de gènere.

—Fantàstic! Mato dos ocells d'un tret.

—Dona, tractant-se d'un treball sobre violència no em sembla una imatge gaire escaient —riu la Candela.

Me'n vaig a buscar les meves amigues.

Trobo la Mireia, la Berta i l'Elisenda en un racó del pati i, precisament, estan donan voltes a la qüestió del treball de recerca. Encara tenim molts mesos per endavant, però no volem adormir-nos.

—No sabem sobre què fer-lo —em diu l'Elisenda.

—Jo potser el faré sobre cinema i literatura —explica la Berta, amb una certa vacil·lació.

Els dic que ja he trobat el tema i l'anuncio.

—¿Violència en general? —pregunta la Mireia sense deixar-me acabar. És la ràpida de Kentucky!

—No. Violència de gènere.

—Ostres! Quina idea tan bona... Tant de bo l'hagués tinguda jo —diu l'Elisenda.

—Doncs, encara no us ho he dit tot: també aprofitaré el tema per escriure un altre diari.

—Fantàstic! —crida la Mireia, que sempre s'apunta de gust a ajudar-me quan n'escric un.

—¿I de quin color serà aquest? Perquè el lila[4] i el vermell ja els tens —diu la Berta.

—És veritat —diu l'Elisenda, que s'ho va passar pipa llegint el segon—. El lila, de feminisme i el vermell, de sexe. I ara aquest...

—Verd —suggereix la Mireia—. Hauria de ser verd, que és el color de l'esperança. Les dones que pateixen maltractaments necessiten esperança.

—Sí, i les que tenen càncer i les que estan soles i les que han perdut algú que estimen...

—D'acord, d'acord —concedeix la Mireia.

—Podria ser negre —proposa la Berta—. El negre és el color dels ulls de vellut.

—Dona, no tinc cap intenció de dedicar-lo als maltractadors

4. Vegeu *El diari lila de la Carlota*, Gemma Lienas, Editorial Empúries.

sinó a totes aquelles persones que pateixen violència o que hi lluiten en contra —dic.

Tot d'una ho veig clar: Blau. Blau, com el cel, com el mar, com la llibertat. La llibertat és el que necessiten les persones que pateixen violència. La que necessiten les dones per sortir del domini masculí marcat pel patriarcat. La llibertat de pensament, també, per començar a veure el món amb una mirada nova, diferent de la que ens han ensenyat. Una mirada amb les ulleres liles.

Com si m'hagués llegit el pensament, la Berta se m'avança:

—Trobo que hauria de ser blau perquè, si t'hi fixes, els altres colors ja s'han fet servir per a altres qüestions. Per exemple, el groc en la lluita contra el càncer o el blanc contra la pobresa.

—És veritat —hi està d'acord l'Elisenda—. ¿Recordeu les famoses polseres de plàstic?

Fem que sí amb el cap. Durant molt de temps tothom en portava.

—Doncs, no se'n parli més: *El diari blau de la Carlota*, sobre la violència de gènere. Espero les vostres aportacions, ¿eh? Ja sabeu que em resulten molt importants els testimonis.

—A mi no m'ha maltractat ningú —diu l'Elisenda.

—Ni a mi —diu la Berta.

—A mi tampoc —diu la Mireia.

—En qualsevol cas, ens caldrà obrir els ulls per descobrir casos que puguem tenir a la vora sense adonar-nos-en.

—O per portar-te notícies del diari.

—Segur que, a mesura que avanci el treball, descobrim coses noves que mai no ens havíem plantejat —dic jo recordant les explicacions que m'ha donat la Candela.

Sona el timbre de les classes. Mentre entrem, aprofito per preguntar a la Mireia si sap alguna cosa de l'autor de l'anònim.

—Xsssst —em demana que parli fluixet—. Les altres encara no ho saben. No, no n'he esbrinat res nou. He passat vint-i-cinc vegades per davant d'en Narcís, però ell ha actuat com si jo fos transparent. O l'autor dels anònims no és ell o té una miopia galopant i caldria que es posés ulleres.

M'inclino per la primera possibilitat, mal que li pesi, a la Mireia.

19 de setembre

APROFITO L'HORA DE DINAR per anar a comprar una llibreta de tapes blaves ben espaterrant; trobo que una llibreta bonica m'estimula més la imaginació. Hi poso la data d'avui, perquè començaré el diari sobre la violència de gènere.

—Em sembla que ja pots córrer a comprar una altra llibreta i a encetar un nou tema —diu amb to burleta l'Elisenda, que, com la Berta i la Mireia, és a la vorera entremig d'un altre munt d'alumnes de primer i segon de batxillerat esperant que s'obrin les portes.

—Sí —corrobora la Berta, amb el mateix to foteta—. Hauràs de buscar la llibreta rosa per escriure-hi un diari sobre l'amor.

La Mireia fa una ganyota.

—No els facis cas; són unes ximples.

Però els faig cas:

—I doncs, ¿quines novetats tenim?

—No et giris —em demana la Berta amb veu de pel·lícula d'espies—. Darrere teu, a l'altra banda del carrer hi ha un paio amb samarreta negra i els cabells castanys llargs.

Provo de mirar-me'l de cua d'ull. No el veig. M'ajupo per fer veure que em cordo la vamba i així li puc llençar una llambregada impunement. També impunement la Mireia llença l'ase.

L'he pogut veure. És un paio nou de segon A.

—Cèsar. Segon A. Disset anys —fa la fitxa l'Elisenda.

—¿Talla, telèfon, gustos musicals...? —me'n ric jo.

—Encara no ho sabem —anuncia l'Elisenda—. El que sí que tenim clar és que ell s'hauria estimat més que el posessin a segon B...

—... sobretot al costat de la Mireia —acaba la Berta.

Es peten de riure. La Mireia es fa la fastiguejada.

—No m'interessa aquest paio.

—No, si ningú no diu que tu perdis el cul per ell, sinó que «ell» no para de mirar-te.

La Mireia arronsa les espatlles.

—Pot mirar qui vulgui, ¿o no?

En el fons, sembla una mica cofoia de captar l'atenció del tal Cèsar pocs dies després d'haver començat el curs escolar. O potser no, potser només és una impressió meva.

Tot d'una ho veig clar: en Cèsar és l'autor del missatge amorós anònim. Em miro la Mireia i alço una cella. Segur que m'ha entès perquè em respon tornant a arronsar les espatlles. Ja sé per què la molesta pensar que és en Cèsar: perquè aleshores segur que no pot ser en Narcís.

21 de setembre

Avui, sortint de classe, passo d'anar amb la colla al Quina-son-tan-dolça; tinc la intenció de tancar-me a la meva habitació a escriure el diari. Me'n vaig corrents cap a casa de la mare (aquest any, en Marc i jo vivim amb ella per primer cop d'ençà que els pares es van separar,[5] i, així que entro, la sento parlar amb l'Octàvia. L'Octàvia és germana del pare, és escriptora i viu a París. El pare ara té una nova parella, però, com que a casa meva som molt civilitzats (ha, ha, ha), les dues excunyades han conservat l'amistat...

Faig senyals a la mare perquè m'hi deixi posar.

Em passa el telèfon mentre em recorda que és una trucada internacional, que val una pasta, que paga l'Octàvia, que no m'enrotlli.

Explico a l'Octàvia de què va el nou diari que estic escrivint. Segur que ella té informació a dojo.

—¿Violència de gènere? És una gran idea.

—Oi, que sí! A més, el faré servir com a treball de recerca per a aquest curs i n'exposaré els resultats a classe. Potser encara ens ajudarà a establir relacions sentimentals en pla d'igualtat...

5. Vegeu *Així és la vida, Carlota*, Gemma Lienas, Editorial Empúries.

—Tens raó. Però, ¿saps?, precisament pensant en la gent jove, et proposo que ho ampliïs a una altra mena de violència que també us afecta o us pot afectar: la violència escolar.

—Ostres, Octàvia! ¿Vols dir....? ¿Què hi tenen a veure els maltractaments cap a les dones amb aquesta altra violència?

—Jo crec que el mecanisme és molt semblant.

—Doncs jo no ho veig, francament, però t'escolto —li dic mentre m'assec per terra i poso a la vora meva la llibreta blava i un retolador. He de reconèixer que la molt combativa Octàvia sempre em proporciona bones idees.

—La violència escolar... —comença.

—El bullying —la tallo.

—Sí, aquesta és la paraula anglesa. En català no sé pas com en podríem dir...

—Bully, ¿què és?

—Un gallet, un perdonavides, un pinxo, un que fa bravates...

—O sigui que bullying seria més o menys fer el pinxo... «pinxisme» o bravatisme.

—Mmm. Sí. Bé, continuem: el pinxisme o bravatisme és la intimidació cap a un company de l'escola.

—¿La intimidació?

—Intimidar vol dir provocar por en una persona. En aquest cas, s'intimida l'altre per tenir-lo dominat. O sigui —i ara veuràs per què et proposo que incorporis el pinxisme o bravatisme al teu diari blau—, és una forma d'establir les relacions entre algú, que es creu superior, i un altre, al qual considera inferior. Sempre des del seu punt de vista, esclar. És a dir, l'un domina, i l'altre, entre altres raons per por, se sotmet.

—Transparent! Vull dir que és clar que el mecanisme és el mateix que en la violència de gènere. Potser totes les violències tenen el mateix origen...

—No t'ho sabria dir. No ho crec, però, perquè, posem per cas, el terrorisme pot tenir un origen polític o religiós. En tot cas, per al teu treball et convé estudiar aquestes dues formes... I potser encara una altra: la violència infantil dins de la família. Vull dir els maltractaments de pares —o mares— a fills i filles.

—¿És el mateix mecanisme?

—Doncs sí. En realitat aquest mecanisme és l'essència de la família patriarcal...

—Ah, sí! El pater familias i la seva autoritat absoluta.

—Exacte. Ell era el propietari de tots els qui vivien sota el seu sostre. Ell manava i castigava; i els altres l'obeïen. I encara ara l'estructura familiar tradicional està molt basada en aquest autoritarisme.

—A tu no t'agrada l'autoritarisme, ¿oi?

—No. No el suporto. L'autoritarisme és un sistema que es basa únicament en l'ús de l'autoritat. I quan una persona només fa servir aquest aspecte per relacionar-se amb l'altre, resulta injust, desagradable i, sobretot, acaba fent un ús abusiu de la seva autoritat.

—Doncs jo diria que molta gent està d'acord amb aquest sistema, i l'enyora. Perquè sento que molta gent gran es queixa de la falta d'autoritat que té actualment i de com n'és, de difícil, educar en aquestes circumstàncies...

—És veritat que algunes persones es lamenten per la pèrdua del principi d'autoritat però a mi em sembla que l'arrel del problema és que no hem sabut substituir el principi d'autoritat, que funciona en sentit vertical, de dalt a baix, pel del respecte a l'altre, que funciona en sentit horitzontal; o sigui, la teva llibertat s'acaba on comença la meva.

La mare entra a la sala i em llença una de les seves mirades assassines i, per si no n'he captat el significat, s'assenyala el rellotge del canell i fa un gest amb la mà, com dient: quina barra, nena!

—Octàvia, penjo que si no la mare m'esbroncarà.

Passo pel costat de la mare amb posat de reina ofesa. És un posat que fa anys que practico i em surt molt bé.

—Si vols parlar amb l'Octàvia fes servir el messenger i la videocam, que surt més econòmic —aconsella la mare al meu cul, que s'allunya pel passadís.

22 de setembre

El curs ha començat pitjor que mai: muntanyes de deures que no em deixen temps per escriure res al diari.

La Mireia es deixa mirar i admirar pel tal Cèsar. Potser a la Mireia no li agrada en Cèsar, però ser objecte de la seva atenció, sí.

Per sort, m'arriba un missatge de l'Octàvia que puc copiar al meu diari blau. Diu:

Assumpte: Un conte i una regla d'or!

Estimada Carlota,

Segons una llegenda, fa molts, molts segles, els éssers humans eren tan savis com els déus. Com que van utilitzar malament aquesta qualitat, els déus els van castigar i els la van treure. Van decidir que l'amagarien en un lloc on tinguessin moltes dificultats per trobar-la. Tots els llocs que se'ls acudien —boscos, mars, muntanyes o valls— eren massa accessibles. Per fi, van trobar l'amagatall perfecte: a dins de l'ésser humà mateix, en un racó de la seva ment.

Ara, gràcies als avenços tecnològics, la ciència pot estudiar el nostre cervell i ha pogut detectar-hi una àrea —l'inconscient— que pot donar-nos pistes, prendre decisions i marcar el nostre comportament, tot això sense que les persones en siguem conscients. Aquest, doncs, era l'amagatall.

Una de les qüestions que semblen estar regides per aquesta àrea és la intuïció. O sigui, aquesta capacitat per prendre una decisió instantània sense que puguem explicar racionalment què ens hi ha portat. És a dir, no som conscients del procés; si per cas, només tenim una lleu sensació física, que \difícilment es pot utilitzar obertament per justificar la nostra presa de decisió. Aquest avís del nostre cos, que connecta amb aquesta part del nostre cervell, és molt important. És un senyal que indica que hi ha activitat cognitiva de la qual no en som conscients.

REGLA D'OR I DE LES RELACIONS

Quan coneguis una persona, no menyspreïs la teva intuïció. Tingues en compte els avisos que t'envia.

23 de setembre

Fins a la setmana que ve no podrem anar a casa del pare, perquè s'ha agafat uns dies de vacances amb la Lídia. Com que els mesos de juny, juliol i agost la seva agència de viatges pateix la febre viatgera dels ciutadans i ciutadanes del país, ha d'aprofitar la baixada d'intensitat de final de setembre per tocar el dos. Ens quedem, doncs, a casa de la mare.

L'àvia ve a sopar amb nosaltres i aprofito per explicar-li el contingut del meu nou diari.

Quan la mare sap que també hi incorporo la violència escolar i la familiar, ho aplaudeix.

—¿No trobeu que, tot d'una, sembla com si s'hagués posat de moda això de l'assetjament escolar? —observa en Marc—. Tothom en parla.

La mare i l'àvia, totes dues alhora, diuen que no.

—No és que s'hagi posat de moda.

—Ni tan sols que sigui una cosa nova.

—És que tot d'una s'ha fet visible. Com va passar amb la violència de gènere. ¿Sabeu com va començar aquesta visibilitat?

En Marc i jo diem que no.

—Es va produir el 1997 quan l'Ana Orantes, una dona andalusa, va denunciar en un programa de televisió els maltractaments que durant vint anys li havia infligit el seu exmarit però, sobretot, quan, pocs dies després, va ser cremada viva per ell —diu l'àvia.

—Que bèstia! —diem en Marc i jo a duo.

—Aleshores va ser com si, tot d'una, s'hagués descorregut un vel i la gent va començar a tenir consciència que la violència de gènere era un fet a la nostra societat. Sense vel, ja no hi havia manera de fer marxa enrere. Encara que no ho volguessis mirar, ho veies. Tothom ho havia vist; calia fer-hi front, calia lluitar-hi. Ja no podíem mirar cap a un altre costat —afegeix la mare.

Segons l'àvia, va ser a partir d'aleshores que els diaris van començar a portar notícies de dones mortes a les mans de les seves parelles.

—Tens raó —diu la mare—. Les dones assassinades pels seus marits mai no han ocupat un lloc a les pàgines de política, com és el cas del terrorisme, però almenys van deixar de ser notícies minúscules, perdudes entre esdeveniments diversos. Recordo que, en aquells primers anys en què els mitjans de comunicació van començar a fer-se'n ressò, hi havia persones que es demanaven si era lògic.

No els semblaven notícies prou importants. Trobaven que havien de continuar formant part de la crònica negra del país, i prou.

—O sigui que va ser una sort que els mitjans de comunicació es decidissin a fer-ho públic.

—Doncs, sí, Carlota. Perquè, de debò, el que no surt als diaris, a la ràdio o a la tele no existeix... I amb la violència escolar ha passat, si fa no fa, el mateix, però amb uns anys de retard. Va ser, quan es va suïcidar en Jokin...

—El 21 de setembre del 2004 —apunta l'àvia—. Ho tinc ben gravat a la memòria, perquè és el dia que en Pep fa anys.

—Ei, ja me'n recordo —dic—. En Jokin, un noi del país basc, que no va poder suportar més el pinxisme o bravatisme...

M'he d'aturar a definir els termes. Després puc continuar explicant el que recordo d'aquella història. En Jokin es va llançar daltabaix de la muralla i va morir, incapaç de continuar resistint l'assetjament d'alguns dels seus companys.

—Per cert, que les famílies dels agressors van reaccionar traient ferro a la situació, dient que no n'hi havia per tant, que els seus fills no eren cruels i que la culpa era de la víctima... Ni tan sols van demanar perdó als pares d'en Jokin —explica la mare—. Aquest és un comportament freqüent: culpar la víctima i trobar atenuants per a la conducta de l'abusador.

—Com passa de vegades amb els violadors.

—Això mateix —diu la mare.

—Els testos s'assemblen a les olles —diu l'àvia—. Amb uns pares així tens molts números per ser un maltractador; els comportaments violents també s'aprenen. Si a casa teva no consideren greu que torturis un company, és més probable que ho tornis a fer.

Després de sopar i abans de sortir de marxa, me'n vaig a la meva habitació a escriure unes notes.

Notes per al treball de recerca 1

La violència de gènere, l'escolar i la familiar es basen en una relació de poder entre un que domina i un altre que està sotmès.

És ben curiós, ¿eh?, que una persona es consideri ella mateixa superior a una altra. Quina arrogància!

I, d'altra banda, quina idea tan absurda del que han de ser les relacions: jo abuso i tu ets abusat; jo domino i tu et sotmets. O sigui, no relacions recíproques, sinó desiguals.

24 de setembre

Festa major! Em sento exhausta després de participar en tantes activitats. No em veig amb cor ni de fer deures ni d'escriure el diari blau.

M'arrepapo al llit, disposada a estar-m'hi sense fer res tota l'estona que tinc abans d'anar, amb la colla, a beure unes birres i, després, participar al correfoc. Potser, fins i tot dormiré una mica.

Pensament inútil! En Marc acaba de treure el cap per la porta de la meva habitació:

—Hau, germana galàctica, ¿puc passar? —em saluda com si fos un sioux en so de pau.

—Hau, germà sideral, passa.

En Marc s'asseu al damunt del llit. Abans no em posi les seves vambotes fastigoses i pudents damunt la vànova, l'aviso:

—Els peus quiets!

En Marc es treu les vambes i col·loca els peus com un indi damunt del meu llit. Li observo els mitjons detingudament, no fos cas que els dugués en un estat lamentable després de tot el dia de córrer dins de les seves sabatotes.

—Estan nets, reina.

Crec que té raó. Ara ja estic en disposició d'escoltar-lo.

—I ¿doncs?

—Que m'agradaria contribuir a escriure el diari blau. Té raó la mare: si no et mostres contrari a la discriminació que pateixen les dones al món, en certa manera, és com si hi estiguessis d'acord. De moment, et porto dues notícies a primera vista sense cap punt de contacte, però que, en el fons, en tenen.

Les miro: les protagonistes de totes dues són autoritats de l'Església catòlica. La primera explica que la fiscal en cap del Tribunal Penal Internacional per a l'antiga Iugoslàvia diu que un criminal de guerra, un general croat acusat de matar molts civils serbis, està amagat en un convent franciscà amb el beneplàcit del Vaticà. Segons diu la fiscal, des de Roma li han contestat que «el Vaticà no és un estat convencional i, per tant, no té obligacions internacionals per buscar criminals de guerra». La segona notícia és de fa més temps i explica que el Vaticà, que va participar com a estat en les diferents conferències mundials sobre la dona, va aconseguir retirar de l'agenda el terme salut reproductiva, o sigui, la salut femenina en relació amb els embarassos, cosa que ha suposat un gran retrocés per a les dones a tot el món.

—O sigui, segons per a què el Vaticà és un estat i segons per a què, no —dic jo.

—Sí —afegeix en Marc—. I segons per a què es declaren partidaris d'una no-violència curiosa, com la que suposa oposar-se al fet que les dones puguin usar anticonceptius i puguin planificar els embarassos...

—O sigui, segons ells una manera d'eliminar criatures o de no deixar-les néixer.

—Sí. En canvi, quan es tracta de perseguir un paio responsable d'un genocidi, aleshores no recorden la seva no-violència.

—Les altes jerarquies de l'Església catòlica mai no han tingut cap problema a posar-se al costat de la violència, al costat de dictadors, com en Franco o en Pinochet. Tot i que, d'altra banda, sempre estan oposant-se a qüestions referides a la dona, per exemple, als avortaments...

En Marc deixa els retalls de diari damunt el llit i salta per anar-se'n. Abans de desaparèixer per la porta, em diu:

—Per cert, ¿tu saps quina diferència hi ha entre ser agressiu i ser violent? ¿O no n'hi ha cap?

—Ei! No hi havia pensat però n'hi ha d'haver alguna perquè mai no es parla de l'agressivitat al carrer o d'una pel·lícula agressiva sinó de la violència al carrer i de pel·lícules violentes. Ho esbrinaré.

—I encara una altra cosa: ¿tu creus que els nois som més agressius que les noies?

Quan en Marc toca el dos, com si ja no recordés el cansament que em tenia feta pols, busco al diccionari el significat d'aquestes paraules.

Notes per al treball de recerca 2

Segons el diccionari:

Agressivitat: tendència a escometre o atacar.

Violència: tendència a deixar-se portar fàcilment per la ira o a fer ús de la força.

Francament, sóc incapaç de veure-hi cap diferència. Me'n vaig a trobar-me amb la colla.

25 de setembre

Avui sí que em dedico a pencar. Primer acabo de fer un treball de llengua i, després, em tiro de cap dins del diari blau. Com que el diccionari va resultar de tan poc ajuda, decideixo navegar per Internet. Pico la paraula *violència* a Google, i trobo milions d'entrades. Si me les volgués llegir totes, acabaria aquest diari més o menys quan ja tindria tots els cabells blancs i estaria a punt d'entrar al club de la tercera edat. Seré selectiva, doncs: de les vint primeres, anotaré les que semblin més interessants i, de totes les altres, en seleccionaré aleatòriament unes quantes, a veure si alguna m'aporta alguna qüestió interessant.

Les primeres webs on em fico, són tècniques. Explicacions psiquiàtriques, psicològiques, sociològiques... sobre la violència. La majoria em seran útils. Les poso a favorits per mirar-me-les en un altre moment. També trobo moltes webs feministes que parlen de la violència de gènere i d'altres qüestions interessants, per exemple:

http://www.nodo50.org/mujeresred/

http://www.mujeresenred.net/donesenxarxa/

http://www.redfeminista.org/

http://www.pangea.org/dona/

Algunes altres webs parlen de violència escolar, com aquesta:

http://www.acosoescolar.info/

Totes queden ben arxivades a favorits. Després començo a trobar webs d'altres menes: unes em remeten a qüestions musicals, d'altres a qüestions literàries, a qüestions de cinema... N'hi ha que no tenen res a veure amb el que jo busco. N'hi ha de contingut filosòfic, religiós, esotèric. N'hi ha de molt i molt peculiars... Els pirats també són presents a la xarxa!

Finalment trobo alguns blogs que contenen la paraula *violència*. N'hi ha un que porta per títol «Memòries de Gregor Samsa». No resisteixo la temptació de llegir-me'l. Vull veure quina relació té amb la violència, però sobretot vull endevinar qui s'amaga sota un nickname robat al protagonista de Kakfa.

Gregor Samsa 1
Blog: Memòries d'un escarabat miserable
Avui m'he despertat poeta. Ja veuràs que no sóc cap cosa... De fet, qui sap si serveixo per a res. En fi, aquí tens el poema.

Violència ¿gratuïta?
Sóc la bossa de la brossa
Pudent, pestilent, repugnant
Em tapo el nas i em baixo
Al pati
On tothom em continuarà ignorant.

¿Com et sentiries tu,
Company, amic, veí,
Si fossis l'ase dels cops,
La diana,
On clava els dards el cruel botxí?

Ostres! Pobre paio... o pobra paia. Té la moral sota mínims. ¿Què deu passar-li perquè se senti tan a les últimes? ¿Un fracàs amorós d'aquells que et fan imaginar que no ets digne d'inspirar amor a ningú i t'engeguen l'autoestima a la UVI de pet? ¿O potser un reguitzell d'insuficients que no goses esmentar a casa? No, això impossible, si tot just acaba de començar el curs. A més, parla d'un sol botxí, i no pas de tots els professors d'un curs...

En Gregor Samsa em té ben atrapada. En vull saber més coses. Vull saber si pateix algun tipus de maltractament o si tot plegat no és més que una metàfora o si, simplement, és un paranoic que veu problemes on no n'hi ha.

Veig que, anteriors a aquest, hi ha dos documents més. Hi entro.

Gregor Samsa 00

Blog: Memòries d'un escarabat miserable

Em dic J. i visc a Càceres. Tinc 16 anys, i tinc uns pares que semblen fets de granit més que no pas de carn i ossos, i tinc una germana que coneix la tendresa però a qui no puc recórrer perquè només té dos anys, i tinc una càmera per filmar «pel·lícules», i el que no tinc són gaires nassos. Perquè si en tingués, en comptes de penjar aquest blog a la xarxa per veure si algú em llegeix —cosa que dubto seriosament— i per desfogar-me, parlaria amb els meus pares perquè em canviessin d'institut. Perquè aquest és el meu drama: acabo de començar un altre curs escolar, primer de batxillerat, i de nou m'espera un any duríssim, costat per costat amb el meu agressor.

Però de nassos no en tinc. I així em va la vida.

El text no té cap comentari. No sembla que aquest blog provoqui entusiasme entre els usuaris de la xarxa.

Entro al document següent.

Gregor Samsa 0

Blog: Memòries d'un escarabat miserable

J., àlies Gregor Samsa, àlies l'escarabat miserable. Com diu el meu avi, que és gallec, «hi ha dies que se't pixen al damunt i has de dir que plou». Això és el que em passa a mi dia sí i dia també.

No hi ha escrit res més. En aquest blog, l'escarabat miserable està més lacònic.

M'agradaria arribar a temps d'impedir, posem per cas, una transformació d'aquest paio en un escarabat o en un cuc. Amb la *Metamorfosi* de Kafka ja en tenim prou.

Li deixo un comentari:

El teu poema, no és dels millors que he llegit, però té el seu què. I m'intriga molt el teu estat d'ànim, però, sobretot, m'agradaria saber per què et sents com el cubell de les escombraries. ¿Qui n'és responsable?

Com a mínim, aquí estic per llegir-te/escoltar-te. No hi perdem res, ni tu ni jo.

Ho ha dit spiderwoman el 25 de setembre a les 11:37.

Abans d'anar-me'n al llit rebo la visita d'en Marc. Pel posat de cuc i per com s'arrossega, dedueixo que ell sí que ha sofert una metamorfosi i que em ve a demanar algun favor.

—Germana miracle... —comença.

O sigui, esclar que vol algun favor, i dels grossos!

—Dissabte vinent, ¿em podràs deixar els teus patins?

—I els teus, ¿els has perdut?

—Els he de dur a reparar. Se m'han cascat les tanques...

—De tan bé que els tractes, animal...

—¿Em deixaràs els teus o què?

—O què, nano, o què. Si te'ls deixo, poden acabar com els teus i no m'ho puc permetre. A més, encara que volgués, dissabte m'és impossible del tot perquè he quedat amb tota la colla per anar a patinar.

—Simpàtica! —crida en Marc tancant la porta sorollosament.

Mentre vaig cap al llit sento la veu de la mare queixant-se del cop.

—Maaaaarc!

26 de setembre

TUSTO LA PORTA DEL Departament de Ciències. En Badia té l'hora lliure i, segons la mare, ell, que és biòleg, em pot resoldre el dubte sobre agressivitat i violència. A veure si és cert.

—Hola, Carlota. Endavant.

Quaranta-cinc minuts més tard, surto del despatx carregada amb dos DVD, un munt d'apunts presos a mà i un llibre escrit per un catedràtic de filosofia de la ciència que parla de la ment de les persones violentes.

En Badia m'acomiada:

—I no ho oblidis: llops entre llops no es mosseguen.

A l'hora de dinar vull escapar-me ràpid cap a casa. Tenim la tarda lliure i l'aprofitaré per veure els DVD i clavar una ullada al llibre que m'ha deixat en Badia.

La Berta i l'Elisenda s'apunten a venir amb mi.

—No sé si hi haurà prou dinar per a totes tres —aviso.

—Demanarem una pizza —diu la Berta—. Pago jo, que estic rica. Em queden molts euros del cangur de l'estiu. Un mes ocupant-me de dos microbis de tres i cinc anys, mentre la seva mare es torrava al sol i el seu pare no desenganxava l'orella del mòbil!

—¿I la Mireia? —pregunto, perquè se'm fa estrany no veure-la amb nosaltres.

—Em sembla que té planillo —diu l'Elisenda fotent-se'n.

Ai! En Cèsar, esclar. Malgrat la indiferència d'ella, ell persisteix; no la deixa ni a sol ni a serena. Perquè és obvi que, si dissabte la Mireia va desaparèixer en ple correfoc, va ser perquè el paio, que a última hora s'havia apuntat a anar-hi amb nosaltres, se la va endur a algun altre lloc... més interessant. I si diumenge va tenir tot el dia el mòbil tancat devia ser per alguna raó lligada al plepa d'en

Cèsar. I que avui tampoc no fos amb nosaltres al migdia, a l'hora de plegar, segur que també té relació amb el pallús. El que no entenc és per què li segueix la beta, si resulta que no li agrada. Potser la indiferència de la Mireia només és aparent. S'hi posi com s'hi posi, cal rendir-se a l'evidència que ell és l'autor de l'anònim amorós, tot i que ella continua mantenint que n'ignora l'autoria.

—¿Com s'acabarà això? —pregunta la Berta amb picardia, com si pensés el mateix que jo.

Pel camí, demanem la pizza amb el mòbil de l'Elisenda; així trigarem menys a poder clavar-li queixalada.

A casa, poso el primer DVD, mentre explico a les meves amigues què pretén en Badia que hi observi.

—Segons ell, tots els animals som agressius. Pel que es veu, animals i persones tenim un centre al cervell...

—¿Què vols dir amb això «d'un centre»?

—Doncs, per entendre'ns, com una mena de comandament... Aquest comandament està programat per desencadenar una resposta agressiva davant de determinats estímuls, per exemple, un perill. O sigui, davant d'una situació perillosa es dispara la nostra agressivitat.

—Això vol dir que l'agressivitat no és en ella mateixa dolenta —diu la Berta.

—Exacte, no és dolenta sinó que és necessària. Segons sembla, però, el mateix comandament està programat per aturar l'agressivitat quan els estímuls són uns altres, per exemple, quan aquell a qui ataques et demostra submissió. Pel que es veu, el fet que el cervell estigui programat així evita que els animals de la mateixa espècie es matin entre ells.

Comencem a veure els DVD. El primer és una pel·lícula en pla National Geographic. Un documental sobre animals. Primer, una escena de cacera: un lleó olora una gasela, la segueix silenciosament; la gasela se n'adona, es posa en tensió, fuig tan de pressa com pot; el lleó l'encalça, li fa un placatge, li clava queixalada al coll i la deixa seca; comença a cruspir-se-la. Segon, una escena entre cérvols adults: és l'època d'aparellament i els mascles competeixen entre ells per copular amb les femelles; pel que es veu és una manera d'assegurar-se cervatons i daines forts, ja que les femelles són prenyades per aquells que guanyen la lluita, és a dir, els més resistents i, doncs, els més sans; amb tot, mentre aquelles bèsties de banyes impressionants es barallen, ni una sola vegada arriba la sang al riu: es tracta només de doblegar l'altre i de demostrar qui domina la situació.

—O sigui, com diu en Badia, una cosa és un animal en pla predador, quan busca el seu menjar i ataca amb la idea de matar... En aquest cas, el seu comandament no reacciona als crits de terror de l'altra bèstia que, esclar, mai no pertany a la seva mateixa espècie. En canvi, quan un animal lluita amb un igual, mai no l'arriba a matar si l'altre li demostra que té por.

—Com els gossos... Quan un gos atacat per un altre es posa panxa enlaire per demostrar que es dóna per vençut...

—Sí. Per això en Badia diu que «llops entre llops no es mosseguen».

Obro el llibre que m'ha deixat en Badia i llegeixo:

—Omo ominis lupus est.

—¿Pots traduir, que no sé llatí? —diu l'Elisenda.

—L'home és un llop per a l'home.

—O sigui, com qui diu: homes entre homes sí que es mosseguen.

—I tant, mireu —dic. I poso en marxa l'altre DVD.

El DVD recull dues escenes de pel·lícules actuals, totes d'una gran violència. Les persones s'ataquen entre elles i s'estomaquen sense pietat. Primera escena, una lluita cos a cos entre dos paios; l'un domina la situació i aviat té l'adversari acorralat; tot i les mostres de submissió que emet el més dèbil —des de crits, fins a ganyotes de terror—, el més fort se'l carrega sense mostrar cap mena d'angúnia. Segona escena, un grup de soldats disparen amb tancs i metralletes contra un grup d'homes; les víctimes es troben tan lluny dels atacants que aquests no en veuen les expressions ploroses, ni en senten les súpliques, raó per la qual el comandament cerebral no interromp la resposta agressiva; d'aquesta manera resulta més fàcil matar.

—O sigui —diu la Berta, encara amb la boca oberta per tot el que acaba d'aprendre—, que les persones som els únics animals que podem tenir el comandament espatllat i ser capaços de matar-nos entre nosaltres.

—Potser algun animal pot tenir el comandament espatllat per culpa d'alguna qüestió biològica deficient. El que és segur, en canvi, és que, en les persones, el comandament pot tenir un mal funcionament no tan sols per causes biològiques sinó sobretot per raons culturals. Les idees ens poden tornar violents.

—Doncs, segur que els videojocs són una forma d'aprenentatge rapidíssima de la cultura de la violència. Segons sembla, un de cada tres nens (la majoria són nens, i la minoria nenes) reconeix que roba, tortura, mata persones en aquests jocs. Per cert, les víctimes sempre són dones, criatures o persones grans.

El resultat del dia d'avui, després de xerrar amb en Badia i de veure els DVD, és un informe. Abans no em poso a escriure'l, en Marc treu el nas per la porta i diu:

—¿Em deixaràs els patins dissabte?

Ja la conec aquesta tàctica; és la de la persistència. Insisteixes, insisteixes i l'altre, per esgotament, acaba dient que sí.

Informe 1

L'ésser humà és per naturalesa agressiu, però, en canvi, no és necessàriament violent.

Agressivitat: resposta instintiva dels animals, inclosos els éssers humans.

Violència: resposta de molts éssers humans, fruit de l'aprenentatge cultural.

O sigui, per entendre'ns, la violència es produeix perquè s'ha alterat el comandament de dins del cervell. I aquesta alteració molt sovint és fruit de la cultura. Renoi! No és la primera vegada que penso que la cultura té coses bones, però d'altres que no ho són tant, ¿eh?

La cultura són les idees i els sentiments que hem anat aprenent i que estan instal·lats en la part del davant del nostre cervell. Moltes d'aquestes idees són responsables de modificar la resposta del comandament que regeix l'agressivitat.

Posem per cas que la cultura transmet durant segles que les dones o els negres o els homosexuals són éssers de segona; doncs, ja tenim el naixement de la violència de gènere, la violència racista o la violència homòfoba.

O sigui, la violència molt sovint és fruit de la cultura.

Així com l'agressivitat és absolutament necessària i, si no la tinguéssim, la humanitat ja hauria desaparegut del planeta, la violència no és gens necessària. A l'inrevés, si la violència va en augment, potser polvoritzarem la Terra, i de passada la humanitat sencera.

Sento la porta de casa i al mateix temps el timbre del telèfon. Estic a punt d'alçar-me per agafar-lo quan sento la veu de la mare.

—Hola, Carlota —diu entrant a l'habitació amb el telèfon. Em fa un petó, em dóna l'aparell i em diu—: És la Mireia. Sisplau no t'hi estiguis gaires hores que et toca a tu fer el sopar.

Corro a agafar-li el telèfon: em moro de ganes que la Mireia m'expliqui què està passant.

—Hola, reina. Ja era hora que em posessis al corrent de la teva vida sentimental...

—Agitada. Vida sentimental agitada. Estic feta un embolic, Carlota. Compto amb tu perquè m'ajudis a veure-hi clar.

M'assec a terra per escoltar-la més atentament. No sé res d'ella d'ençà que fa dues nits, en ple correfoc, ens va deixar plantats. L'explicació arrenca en aquest punt.

—Vam desaparèixer, sí, perquè en Cèsar...

—Ah, ell!

—Sí, noia, em pensava que ja hi havies caigut...

—Em calia la teva confirmació.

Doncs pel que es veu en Cèsar s'havia passat tot el correfoc enganxat a ella, com si fos la seva ombra. Els dimonis i els dracs que treuen foc pels queixals i fan esclatar piules entre els peus de la gentada són l'excusa rodona perquè dos s'arrambin més del compte. Això havia fet en Cèsar. I la Mireia s'havia deixat estimar...

—No és en Narcís, però no està gens malament.

Encara que discrepo, no l'hi dic. En Cèsar té un posat de «pobre de mi» que em treu de polleguera. Sembla una ànima amb pena, com si res no li sortís com ell vol... per culpa dels altres. Et vénen ganes de donar-li un euro i dir-li que es compri unes quantes piruletes.

—A més —continua—, és un tipus molt i molt amable. Com no n'he conegut cap altre d'igual. Pensa que és educadíssim, sempre pendent del que jo dic, sempre disposat a dur-me a casa amb la seva moto, sempre amb detalls sorpresa... ¿T'he dit que abans del correfoc em va regalar un CD que li havia comentat que tenia ganes de comprar-me...? ¿Quan has vist tu un xaval que faci una cosa com aquesta?

Mai, realment. I menys, així com així. Perquè la gent no té tanta pasta per anar comprant CD a tort i a dret. Però, en fi, potser sí que el tal Cèsar és un diamant en brut i jo no me n'adono. Tal vegada la Mireia ha estat capaç de descobrir aquesta faceta encantadora, que jo no he sabut veure. Millor per a ella.

—Total, que el paio em proposa de deixar el grup i anar-nos-en ell i jo sols a xerrar una estona.

La Mireia m'explica que, després de tantes arrambades furtives, a ella ja li venia de gust desaparèixer amb ell. Diu que van anar a una plaça dura, l'única que tenien a mà per allí a la vora. Ella s'hauria estimat més una bona gespa, però... Pel que es veu, de seguida van passar a xerrar de les seves respectives experiències amoroses. O, per ser més exactes, dels embolics sentimentals d'ell, perquè ella no va poder fer un forat a la conversa per explicar-los-hi. En Cèsar li deia que mai no havia tingut sort amb les noies...

—¿Mai no ha sortit amb una noia? —pregunto una mica sorpresa, perquè, el dia que el vaig conèixer, no em vaig endur aquesta impressió.

La Mireia em diu que sí, que amb unes quantes, però que mai no li han funcionat les relacions. Les noies no l'entenen; se sent mal comprès, poc estimat; elles acaben fent-lo un desgraciat...

—Diu que sempre li han tocat noies depressives i malhumorades...

Qui sap si no és responsabilitat d'ell que acabin tristes i de mal humor, em dic jo però no ho expresso en veu alta.

—Que, en canvi, jo sempre estic de bon humor i el poso content...

M'explica que, quan duien una estona parlant, en Cèsar li va dir que havia escrit una poesia per a ella.

—¿D'amor? —li demano.

—No ben bé. És una poesia que parla de mi, del meu físic i de la meva manera de ser.

La Mireia no me la recita perquè té por que me'n rigui. M'hauria agradat sentir-la. Segons ella, arribats al punt poètic, van començar a petonejar-se i a grapejar-se. Es veu que en Cèsar és un crac fent petons de rosca.

Ai! El sopar!, em dic quan veig que la mare passa pel meu costat fent-se veure i posant-me l'esfera del rellotge sota el nas.

Amb un gest i sense paraules, li dic que sí, que ja acabo. La mare desapareix, la Mireia continua la descripció dels petons cargolats i les magrejades apassionades i jo carburo a tota castanya per resoldre el dilema sopar-confessió.

—Un segon, nena.

Corro a l'habitació d'en Marc.

—Em toca fer el sopar, però no puc. ¿Em canvies el torn, sisplau?

—I què més! —comença a cridar en Marc, indignat. S'atura de cop i afegeix—: A canvi dels teus patins dissabte a la tarda.

—Fet!

Volo cap al telèfon i li dic a la Mireia que continuï.

—I ja està; després d'una bona estona, em va acompanyar a casa amb la moto.

Segons sembla, l'endemà, quan es va despertar, la Mireia va decidir que havia estat a la glòria però no tenia intenció de donar-li cap significat concret a «aquella glòria».

—Però ell no era de la mateixa opinió. No feia gaire que m'havia llevat, que vaig rebre el primer SMS.

Tot i que el va trobar un pèl passat de rosca, com si el paio donés per fet que ja sortien junts, el seu primer impuls va ser contestar-li amb un entusiasme excessiu.

—És que l'entusiasme d'ell s'encomanava —es justifica.

I si no ho va fer, va ser perquè abans no tingués temps de prémer una tecla ja tenia el segon SMS d'en Cèsar a la pantalla. I uns segons més tard, el tercer.

—Té el polze més ràpid de l'univers; pots pujar-hi de peus!

Quan havien aparegut a la pantalla quinze SMS seguits, sense que la Mireia hagués tingut temps amb prou feines de llegir-ne un que ja arribava el següent, va decidir que la mesura més prudent seria apagar el mòbil i concedir-se un temps per reflexionar.

—Estava feta un embolic, ¿saps? —diu la Mireia, amb una veu que no li acabo de reconèixer—. Era clar que el paio tenia coll avall que era la seva nòvia. Però jo no sabia si volia ser-ho. I, en realitat, continuo ben desorientada, perquè avui...

Sembla que aquest matí en Cèsar oscil·lava entre una petita dosi de mala llet —conseqüència del mòbil apagat—, una certa malenconia —per les no respostes de la Mireia als seus missatges d'amor—, i una notable eufòria per les grapejades de després del correfoc.

—Li he hagut de dir que anava molt de pressa per al meu ritme. I ell m'ha contestat que no em tenia per una noia lenta.

—I no s'equivoca —li dic. I no tinc necessitat de recordar-li experiències anteriors.

Doncs, aquesta vegada és diferent. Necessita anar més a poc a poc, necessita que en Cèsar li doni temps.

—M'ha dit que en volia parlar a l'hora de dinar.

—Per això t'has perdut la sessió de DVD que hem fet a casa.

La Mireia passa per alt el meu comentari i continua explicantme el culebrot.

Pel que sembla, en Cèsar volia anar a un bar o a una cafeteria, però s'ha negat a anar al Quina-son-tan-dolça, al·legant que volia estar sol amb ella. Segons ell, al nostre bar de tota la vida, hi ha massa ulls i massa orelles pendents de qualsevol parella, sobretot si és nova. Ha triat un altre local: una pizzeria de força ringo-rango.

—Carai, aquest paio està folrat.

La Mireia tira pel dret, m'explica que el paio s'ha tret un paquetet de la butxaca i l'ha deixat damunt de la taula, mentre li deia: «Això és per a tu. M'agradaria que fossis la meva nòvia».

—¿I què, què hi havia al paquet?

—Un cor de plata molt petitó penjat d'una cinta de cuiro.

—No sembla que tingui mal gust.

La Mireia mou el cap perquè està d'acord amb mi i continua les explicacions. Li ha dit que considera que necessita més temps, que no té les idees clares, que s'ho ha de pensar. Que sí, que el cor és molt bonic, però que no és raó perquè ella accepti de ser la seva nòvia.

—M'ha semblat que s'impacientava, ¿saps?, però de seguida s'ha posat a to —em diu la meva amiga.

Pel que sembla, a «to» vol dir que en Cèsar ha estat raonable i ha admès que comprenia que necessités temps per rumiar-s'ho. Això sí, de seguida ha tornat a afegir llenya al foc dient que no el fes patir, que no trigués gaire a decidir, que ella és la dona de la seva vida i que el pot fer feliç.

—Una mica exagerat, ¿eh? I, a més, amb vocació de futuròleg.

—Potser sí —diu la Mireia—. Però t'asseguro que m'han vingut ganes de dir-li «sí» i acaronar-li els cabells. Em feia sentir protectora. Pensava: potser realment jo puc fer-lo feliç a diferència de totes les altres que fins ara ho han intentat. Em sentia... una salvadora!

—Total, ¿què li has contestat?

—Que m'ho havia de pensar.

Totes dues ens hem quedat sense dir res. Potser fa dos anys, no hauria entès que tingués tants dubtes. Hauria pensat: o t'agrada o no t'agrada. I punt. Però després del meu embolic Flanagan-Koert, havia arribat a la conclusió que, de vegades, les coses de l'amor no són tan fàcils com te les pinten als llibres i a les pel·lícules.

—És que —ha començat la Mireia amb vacil·lacions— ... d'una banda, m'hi trobo molt bé, perquè m'agrada, perquè em fa sentir que em necessita, que li agrado i, sobretot, que el puc ajudar...

—Dona, potser tenir ganes d'ajudar no es pot dir que sigui amor, ¿no?

—No en tinc ni idea. Qui sap... ¿Tu ho tens tan clar què és l'amor?

No, reconec que no en tinc ni la més petita idea. Però, quan jo em sento enamorada, no em surt cap vena mare-Teresa-de-Calcuta. Això, segur!

—Però d'altra banda...

—¿D'altra banda? —l'he ajudada jo, que he vist que es tornava a encallar.

—Doncs que... no sé com explicar-t'ho. Hi ha alguna cosa dins meu que em fa estar una mica intranquil·la, com si fos millor dir «no»... Però, aleshores, em dic a mi mateixa ¿i quin motiu tens per dir-li «no», si resulta que t'agrada i hi estàs bé... força bé? No sé com explicar-t'ho. És una sensació dèbil però inquietant.

Llàstima una i mil vegades que el dia abans m'hagués llegit el missatge de l'Octàvia massa de pressa, que no l'hagués entès del tot, que l'hagués deixat per més endavant... Si no hagués passat tot això, si jo hagués tingut present la regla d'or número 1 de l'Octàvia, l'hauria pogut recitar a la Mireia i potser ens hauríem evitat totes les desgràcies que s'havien de produir abans no s'acabés el trimestre. Però la primera regla d'or de les relacions s'estava a la meva llibreta blava, pendent que jo me la mirés a fons i fos capaç d'interpretar-la.

Resumint: s'ho ha de pensar. I jo he de penjar perquè m'he estat amb l'auricular penjat a l'orella... una hora i mitja! No m'ho puc creure. La mare em farà mandonguilles.

Corro cap a la cuina. En Marc ha acabat de fer el sopar i, a jutjar per les restes que hi ha damunt la taula, ell i la mare ja han menjat. Glups! Me'n vaig a la sala.

La mare em mira per damunt del llibre que llegeix:

—No devies pas imaginar-te que t'esperaríem, ¿oi?

Oi. Me'n vaig a sopar sola, contenta que l'incident s'hagi tancat d'una manera tan poc cruenta.

27 de setembre

Al matí, la Mireia encara no té clara la resposta, però, per sort, no li cal haver-ne de parlar amb en Cèsar perquè avui els de segon A tenen una sortida i, fins a la tarda, no tornaran. Amb tot, un Cèsar virtual ha estat present al llarg del matí a través d'una muntanya d'SMS, els textos dels quals eren d'allò més diversos: en Cèsar fent-se la víctima (no em destrossis; no siguis cruel...); en Cèsar enamorat (ets la millor noia que he conegut; estic megaboig per tu; d'ençà que t'he trobat veig la vida d'un altre color); i en Cèsar una mica... una mica torracollons (si de debò tens cor, no em diràs que no; no et vull perdre, no et deixo que em diguis «no»). No sé pas com la Mireia té paciència per a tanta carallada. Jo ja l'hauria engegat.

Al migdia a casa, entro al correu electrònic i hi trobo, entre d'altres, un missatge de l'Octàvia. Bé! Ja comença a enviar-me informació.

Assumpte: D'idees progressistes i d'idees tradicionals.

Estimada Carlota,

Et volia fer notar que en general els nois o noies que practiquen la violència escolar solen tenir més idees masclistes o racistes o homòfobes que no pas els que no la practiquen.

Et faig arribar un test que mesura si la persona examinada té idees molt tradicionals del que ha de ser un home i una dona. Les respostes poden ser:

A. No hi estic en absolut d'acord.

B. No hi estic d'acord.

C. Hi estic força d'acord.

D. Hi estic totalment d'acord.

Test 1

1. Un home, perquè sigui molt home, ha de ser una mica cabró i una mica brusc.

2. Una dona, perquè sigui molt dona, ha de ser bufona i dolça.

3. Els homes que han tingut unes quantes nòvies i que són una mica males peces resulten més interessants.

4. Les dones que han tingut uns quants nòvios són unes fresques.

5. Una dona pot estudiar, però la seva feina principal serà portar la casa i ocupar-se de les criatures.

6. Un home que canvia els bolquers d'un nadó és una mica marieta.

7. Una dona sempre sap quin és el seu lloc.

8. La gelosia és la prova que l'altre t'estima.

9. Una relació molt apassionada entre un home i una dona de vegades comporta una certa violència.

10. Si una dona posa gelós el seu home, es mereix que ell li pegui.

11. Les dones necessiten un home que les protegeixi.

12. Els homosexuals no són homes de debò.

13. Totes les lesbianes són manaires.

14. Un home no ha de demostrar els seus sentiments; si ho fa, és perquè no és prou home.

15. Si en una casa la dona porta els pantalons, l'home és un zero a l'esquerra.

16. Els gais i les lesbianes no haurien de poder casar-se.

Si et surten moltes respostes A o B significa que:

- la teva mentalitat és oberta.
- penses que les persones no estan tallades totes pel mateix patró i que, per tant, hi ha maneres molt diverses i totes respectables de ser, d'actuar i d'estar al món.
- segurament creus que l'aprenentatge és una manera d'avançar i canviar.
- tens menys probabilitats de practicar la violència escolar i/o de gènere o tolerar-la.

Si et surten moltes respostes C o D significa que:

- la teva mentalitat és tancada.
- penses que les persones estan predeterminades per la natura

i que, per tant, només hi ha una manera de ser dona o de ser home; no vols sentir a parlar dels gais o les lesbianes; creus que els immigrants haurien de quedar-se a casa seva.

• tens més probabilitats de practicar la violència escolar i/o de gènere o tolerar-la.

Pensa que les mentalitats tancades són rígides i que les estructures rígides, siguin persones o materials, tenen més possibilitats de trencar-se. Les mentalitats obertes, en canvi, són dúctils i, per tant, no es trenquen sinó que s'adapten. O sigui, la rigidesa és una mala companya de viatge per anar per la vida.

Faig el test. Totes les meves respostes són una A com una casa de pagès.

Envio un missatge ràpid a l'Octàvia amb els resultats que he tret i li parlo, de passada, de la història Cèsar-Mireia. Li explico que no em sembla probable que el sentiment de la Mireia sigui amor i li demano la seva impressió. Després, aprofito que veig que la Berta s'ha connectat al messenger per parlar-li del test.

«Carlota» Eo!

«Berta» Amb tu volia parlar. ¿Em pots deixar *El ángulo del horror* de la Cristina Fernández Cubas, que em ve molt de gust llegir-me'l?

«Carlota» I tant! És una canya de llibre. A mi m'encanta com escriu aquesta dona. Te'l porto aquesta tarda. I de passada duré un test que m'ha fet arribar l'Octàvia per al meu diari blau.

«Berta» ¿De què va?

L'hi explico i tanquem la sessió.

Faig unes quantes impressions del test. Aquesta tarda el passaré a la colla, tot i que ja m'imagino que marcaran sempre la casella de les A.

A la sortida de classe, els dono el test, però no tinc temps de comentar-los gairebé res perquè, en un instant, sense que tinguem temps ni de moure'ns, es produeix un incident que podia haver acabat en accident i que origina un gir nou en la història de la Mireia i en Cèsar.

L'escena, a càmera lenta, ha anat així:

1. Dono el test a les meves amigues.
2. La Mireia s'allunya i es recolza en un fanal, esperant que

els de segon A —el curs d'en Cèsar— tornin d'un moment a l'altre de la visita que han fet al Museu d'Art Modern.

3. Un dels professors que acompanya segon A gira la cantonada i ve cap a nosaltres o, més ben dit, cap a l'entrada del centre.

4. En Cèsar i algun altre company també giren la cantonada.

5. En el mateix moment en què en Cèsar entra en el nostre camp de visió, una moto gira també la cantonada, per la banda de la calçada.

6. El conductor fa molt soroll, condueix temeràriament. Dóna molt gas i s'enfila damunt de la vorera, corre pel costat d'alguns companys i companyes.

7. En arribar a l'alçada de la Mireia, li estira la bossa.

8. La Mireia crida, cau, però no deixa anar la bossa.

9. La moto trontolla, cueja i es queda momentàniament parada, mentre el conductor estira bruscament la bossa.

10. Aleshores, se sent un udol potent que sembla sortir d'un peu enorme que es dirigeix disparat contra l'assaltador de camins motoritzat.

11. El peu, seguit d'una cama, també potent, cau amb força damunt el conductor, que prem l'accelerador amb ràbia.

12. La Mireia torna a cridar quan es nota arrossegada per la moto ja que la seva bossa encara és un vincle entre ella i l'assaltant.

13. Novament la bota i el peu potents es posen en acció; ara veig que pertanyen a en Cèsar.

14. En Cèsar amb una mà mira de retenir la moto mentre amb l'altra prova d'arrencar la bossa i deslliurar la Mireia.

15. En Cèsar aconsegueix el segon objectiu, però no el primer. El bandoler motoritzat aconsegueix escapar.

Aleshores tothom crida i parla alhora. La Berta, l'Elisenda i jo ens acostem a la Mireia, però, esclar, en Cèsar se'ns ha avançat i l'abraça tendrament. La Mireia li torna l'abraçada mentre plora, no sé si de dolor, de por o d'agraïment.

—¿T'has fet mal? —li pregunto.

Els cabells se li belluguen quan fa el moviment per negar, però no em mira. Té el cap enfonsat en el coll d'en Cèsar, que fa cara de superman. Vull dir que fa cara d'estar molt satisfet d'ell mateix perquè es considera un heroi. I de fet, ha tingut una acció força heroica; ho reconec.

No tinc cap dubte: si la Mireia havia decidit dir-li que no, ha canviat d'opinió. I si no se sentia totalment enamorada d'en Cèsar-tal-qual, ara es fa gasosa amb en Cèsar-heroi. Quan desenterra el cap d'entre els cabells castanys d'ell i em mira, li veig als ulls una mirada que, ara sí!, reconec. Està colada per ell.

—Apa, recordeu-vos de respondre el test. Fins demà —dic.

Arribo a casa i entro al PC. Tinc un correu de l'Octàvia. Diu:

Assumpte: relacions sentimentals problemàtiques.

Estimada Carlota,

Si el sentiment que t'inspira la teva parella és més a la vora de la compassió o les ganes de protegir, dubto molt que sigui amor. Justament, aquesta és una precaució suplementària que, alhora de declarar-se en estat d'enamorament, cal que, sobretot les noies, adoptin. Les noies, les dones hem estat educades per ocupar-nos dels altres i oblidar-nos de les nostres pròpies necessitats. Per aquesta raó, sovint ens sentim atretes per nois que van de víctimes i desvetllen la nostra voluntat de tenir-ne cura. Ull viu a aquesta mena de relacions; a la llarga solen portar problemes.

Un petonàs

Octàvia

—¿Als nois no ens pot passar? —pregunta en Marc. I me'l trobo penjat damunt la meva espatlla llegint amb tota la seva barra el missatge de l'Octàvia.

—Llegir la correspondència d'un altre és violació de la intimitat.

—No pretenc violar res; només pretenc defensar la meva taxa d'ús d'aquest ordinador, que, mentre no es demostri el contrari, hem de compartir.

Té raó. ¿Què hi puc al·legar?

—Ara te'l deixo lliure. I pel que fa al missatge de l'Octàvia, suposo que ens pot passar tant a nois com a noies, però és més fàcil que ens passi a les noies justament pels estereotips de gènere en els quals pretenen engarjolar-nos. Ja saps: vosaltres forts, decidits, independents... Nosaltres dèbils, cuidadores i nutridores, submises.

Calma a classe. La Mireia es troba en un estat d'imbecil·litat que no deixa dubte: ara l'enamorament va a tota vela. Les altres anem fent: l'Elisenda sospirant per l'amor en abstracte; la Berta sospirant per un amor concret: el d'en Narcís; i jo sospirant per no embolicar-me amb ningú... almenys durant el primer trimestre.

A casa, em tiro en planxa damunt de l'ordinador no sigui que arribi en Marc i l'hi hagi de cedir. Vull veure si en Gregor Samsa ha penjat algun document nou. Sííí!

Gregor Samsa 2

Blog: Memòries d'un escarabat miserable

Escarabat accepta psicoteràpia virtual.

Gràcies, gràcies, spiderwoman. T'ofereixo més capítols del meu drama particular i intransferible (si pogués, t'asseguro que el transferiria).

Hi ha dies que et lleves pensant que seria molt millor no deixar el llit, ¿oi que sí? ¿Oi que t'ha passat algun cop? En el meu cas, no és que de tant en tant tingui un dia d'aquests, sinó que els tinc d'ençà que vaig fer 14 anys, vaig començar a estudiar tercer d'ESO i vaig ensopegar amb l'Aníbal Lecter, un company d'aula. Com et pots imaginar, l'àlies el poso per estalviar-me el nom d'aquest paio —el més cruel i emprenyador de la Terra— i evitar que pugui ser reconegut. De fet, a mi tant se me'n dóna que algú pugui conèixer la identitat d'aquesta bèstia; el problema és que, identificat ell, puc ser identificat jo. I a mi m'interessa mantenir l'anonimat. Per això faig servir aquest nickname: Gregor Samsa. Ja has endevinat per què l'he triat, ¿oi? De fet, et diré que ja fa molt de temps —poc després de conèixer l'Aníbal Lecter—, que em vaig començar a sentir com un escarabat. Un escarabat miserable. A partir que l'Aníbal Lecter va aterrar a la meva vida i va iniciar la seva labor destructiva de la meva persona, jo vaig iniciar una lenta transformació que va culminar en el que ara sóc: un ésser amb sis potes, per fugir a més velocitat; amb ulls de mirada estrosboscòpica, que em permeten vigilar l'enemic; amb unes antenes, que capten qualsevol moviment de perill; i, sobretot, amb una closca, que m'ajuda a sobreviure miserablement.

O sigui, que no he arribat a temps per impedir la metamorfosi. Aquest xaval està completament fet pols per culpa d'un pinxo de barri de la seva classe.

Li deixo un comentari:

Ei, Gregor! El que tu vius té un nom: violència escolar. O almenys això sembla, pel que escrius al teu blog. El que no sé és què et fa el bandarra de l'Aníbal Lecter, ni quina excusa utilitza per fer-te la guitza. Explica-m'ho. Segur que t'anirà bé. T'ho has de treure de dins, escopir-ho. Ànim! T'escolto.

Ho ha dit spiderwoman el 28 de setembre a les 18:02.

29 de setembre

Avui al vespre, mentre sóc a l'habitació llegint, la mare em crida des de la sala. Hi vaig.

—Mira, Carlota. Un exemple de violència per al teu diari blau —i assenyala amb el comandament de la tele la pantalla.

És la passarel·la Gaudí o la Cibeles o la de Milà o la de Nova York... tant hi fa, perquè les imatges poden ser de qualsevol desfilada de moda arreu del món. Les noies són esquelètiques. Es mouen amb unes gambades estranyes, com si fossin cigonyes: alcen molt els genolls i, quan abaixen la cama, col·loquen el peu just davant del que tenen a terra; i no es mouen harmònicament sinó per impulsos curts i arravatats. Semblen dones quàntiques. A més, com sempre, van maquillades com si acabessin de rebre una panadera increïble: ulls molt foscos, gairebé com ulls a la funerala, i coloret pronunciat com si els haguessin clavat una cleca en plena galta i, per acabar-ho d'adobar, els llavis de ganyota trista i la mirada perduda... Dones quàntiques, tristes, avorrides i maltractades. ¿Aquest és el model de dona al qual ens volem assemblar totes? ¿I qui carai s'ha entestat a imposar-nos un model tan malaltís? Em temo que qui se'l va inventar no estimava gens les dones. M'hi jugo el coll que tot plegat és fruit d'alguns misògins.

—És una forma de violència —em diu la mare.

—¿Ho dius perquè sembla que algú els hagi clavat una pallissa?

—No tan sols per això. També pel fet d'obligar les dones a tenir un cos tan allunyat del que és propi del seu sexe.

—Gènere.

—No, en aquest cas és sexe. El cos és biològic, fruit de les hormones i dels caràcters sexuals... Bé, doncs, el cos del nostre sexe és molt més grassonet i arrodonit. Mira-les aquestes: les porten gairebé a morir-se de gana. I així ens volen a totes. I al damunt enfilades sobre talons d'alçada impossible. Ben dèbils, ben inestables, ¿com seria possible lluitar per alguna cosa o com seria possible fugir d'un perill?

—Però això no és violència.

—I tant que sí. És una més de les formes de domesticar una dona. És una forma molt subtil de violència. I, justament, com més subtil més difícil resulta de veure.

En aquell moment truquen a la porta. Vaig a obrir. És la Laura, la veïna de casa del pare. Ella i la mare van conservar la relació que tenien quan vivien a la mateixa escala. Encara ara, sovint, la mare li recomana i li deixa llibres. Justament, la Laura em diu que li'n ve a tornar dos.

Entrem a la sala.

—Ah! —diu la mare agafant els volums—. *L'assassí cec* de la Margaret Atwood i *Emma* de la Jane Austen. Dos dels meus llibres preferits.

—A mi també m'han encantat —diu la Laura. I afegeix rient—: Tant que he estat a punt de quedar-me'ls per sempre més!

—No t'ho hauria permès —respon la mare, també entre riures—. No puc ni dormir sabent que l'Atwood i l'Austen no són a la prestatgeria.

La Laura li pica l'ullet:

—Doncs ja pots descansar tranquil·la.

—¿Et quedes una estona a xerrar amb nosaltres? —li dic.

—Només un quart d'hora —diu la Laura.

—¿El temps de beure un suc de taronja? —demano.

Fa que sí amb el cap.

Corro cap a la cuina a buscar els vasos i l'ampolla. Mentre torno, sento que la mare la posa en antecedents de la nostra conversa. Quan he servit la taronjada, la mare continua:

—Sí. Hi ha moltes persones que no veuen aquesta violència tan subtil. Per exemple, ara mateix la gent és capaç d'adonar-se que un paio que mata la seva dona a cops està practicant la violència de gènere, però no és capaç de veure que un paio que exigeix de la seva dona que es posi màniga llarga i no vagi amb els braços a l'aire perquè ja no els té bonics com quan era jove està practicant una violència menys òbvia, però violència al capdavall. Està imposant-li la seva manera de veure el món: la mirada masculina.

—Ah! Com explica l'Octàvia que passa en la literatura. Que a les dones que escriuen novel·les sobre dones els posen l'etiqueta de «literatura femenina» i, en canvi, les que fan els homes no reben cap mena d'etiqueta —afegeixo jo.

—Dona —diu la mare burlant-se'n—, ells fan literatura universal mentre que les dones la fan particular.

—Doncs, ara que ho dius, us explicaré una anècdota —intervé la Laura—. En un centre cívic on es fan cursos per a adults sobre diverses matèries, n'hi havia un en què es llegien set obres de la literatura universal, totes d'homes. Un any, van decidir canviar les obres per set d'escrites per dones, de la Virginia Woolf a Charlotte Brontë, per posar dos exemples. El segon dia de classe, dos alumnes barons van anar-se a queixar a direcció perquè, segons ells, unes obres escrites per dones no podien ser representatives de la literatura universal.

—En dues paraules, que deia aquell: im-pressionant —diu la mare.

—Espera't! El que és més curiós és que la professora del curs era una dona, i de les vint-i-cinc persones matriculades, només dues eren homes.

—Ja ho diu l'Octàvia que, la primera vegada que va escriure una novel·la amb molts personatges femenins, els amics lectors que li llegeixen els manuscrits abans que ella els enviï a l'editor li van dir: «Està bé, però agradarà a les dones» —recordo jo.

—Cert, com també ho és que una vegada que va comentar a un escriptor com n'era, de desagradable i injusta, l'etiqueta «literatura de dones», ell li va contestar que la solució era fàcil: només li calia escriure sobre altres coses. I li va posar l'exemple d'una dona a qui no havien penjat mai aquesta etiqueta.

—O sigui, es tracta d'escriure segons els valors i els criteris dels homes si vols ser admesa al club —afegeixo jo.

—Un altre exemple. Observeu la pantalla.

A la tele hi ha un debat sobre la brutícia i l'incivisme als carrers de la ciutat. A més del presentador, hi ha quatre homes i una dona.

La mare diu, burleta:

—No hi posen dones perquè no n'hi ha ¿sabeu?

Riem.

—O sigui, «no hi ha dones» vol dir «no hi ha dones amb criteri».

—Exacte. I «no hi ha dones amb criteri» vol dir que no n'han trobat cap amb «un criteri que coincideixi amb el d'ells».

—¿I saps què és el pitjor? —diu la Laura—. Que les dones també acaben creient-s'ho.

—Aquesta és la mare dels ous. Dominadors i dominats ho tenen assumit. D'aquesta mena de violència, se'n diu simbòlica.

—¿Simbòlica?

—Un sociòleg francès, Pierre Bourdieu, qualifica així aquesta mena de violència.

—¿I per què en diu «violència simbòlica»?

—Perquè es basa en les idees. Els dominadors fan passar per naturals categories que han estat construïdes per ells.

—¿«Pel·lícules de dones» posem per cas? —pregunto.

La mare riu i fa que sí. Després afegeix:

—Segons Bordieu, el grup que té el poder —en aquest cas, el poder és masculí— dóna per bons només els seus coneixements, els seus valors i menysprea els de l'altre grup. I l'altre grup, el dels dominats, dóna també per bons els valors dels dominadors. Ell diu: «La visió androcèntrica s'imposa com si fos neutra i no li cal ni que sigui enunciada en un determinat discurs per ser acceptada». És així i prou. O sigui, posem per cas, al telenotícies l'apartat d'esports, i més concretament el futbol, que ocupi un espai desmesurat ningú no ho considera qüestionable perquè es correspon majoritàriament amb els valors dominadors, els masculins. El problema rau en el fet que també les dones donen per bona la visió masculina, com si aquesta fos l'única vàlida i, a més, resultés neutra de debò.

—Et refereixes a les dones masclistes.

—Sí, dones que accepten aquest paper de subordinació sense qüestionar-se'l. També hi ha dones que creuen que no l'accepten i pensen que estan en situació paritària amb els homes, per la senzilla raó que han adoptat tots els criteris masculins com a propis; són dones que es comporten com a homes per ocupar esferes de poder.

—¿Quins exemples hi ha de violència simbòlica?

—La por que pot sentir una noia que va pel carrer, sobretot si és tard i és fosc. També és violència simbòlica la pressió que reben les dones per adequar-se a patrons de bellesa que atempten contra la seva salut. O la minsa representació reservada a les dones en l'espai públic...

—La violència simbòlica i l'altra no s'exclouen, però, ¿oi?

—No, tot i que, en general, com més violència simbòlica hi ha en una societat envers les dones, menys violència física cal als dominadors. La violència simbòlica és la que prepara el terreny per tenir l'altre ben sotmès.

La Laura s'aixeca i diu que ha passat el quart d'hora, s'ha acabat el suc de taronja i se n'ha d'anar. L'acomiadem. De seguida anuncio a la mare que me'n vaig a dormir, però ella m'atura per dir-me que m'ha portat un munt de llibres sobre violència agafats en préstec de la biblioteca. Diu que se'ls ha llegit gairebé tots i que són molt bons.

30 de setembre

Un nou correu de l'Octàvia!

Assumpte: ¿Què és l'amor?

Estimada Carlota,

He estat rumiant respecte a la teva pregunta ¿això és amor?

Segur que no ets ni la primera ni l'última persona que et fas aquesta pregunta. Jo no tinc la resposta, però tinc alguna idea que ens pot ajudar.

Crec que per estar segura que l'has encertada, que estàs amb la persona adequada i que els teus sentiments són sans, és important la reciprocitat. Has de sentir que l'altre t'estima i et respecta. I has de sentir que tu també l'estimes i el respectes.

REGLA D'OR 2 DE LES RELACIONS

Si una persona et fa patir: allunya-te'n; ni et convé ni et mereix.

AQUEST DISSABTE SOM A CASA DEL PARE. També hi ha la Lídia, esclar. Ara ja fa un temps que el pare i ella viuen junts. Uf! Els primers temps no va ser divertit veure-la instal·lar-se a casa nostra. Mentre només era la nòvia del pare, encara... però quan hi va portar els seus trastos per quedar-se definitivament amb ell, ens va tocar una mica els nassos. La Lídia va notar que estàvem tensos i, amb tot, no es va posar burra ni tampoc no ens va demanar per què. El pare, en la seva línia de sempre, no es va adonar de res. La mare va ser la que ens va fer vomitar el malestar. Jo li vaig dir que la Lídia em feia una mica de ràbia; que era, fins a cert punt, una intrusa per a mi... i això que la paia em queia bé. En Marc li va explicar que tenia por, por que la Lídia no volgués agafar el lloc d'ella, de la mare. La mare ens va tranquil·litzar. A mi em va dir que fes el favor de tocar de peus a terra: que ara la Lídia era la companya del pare i allà, casa seva. A en Marc li va aclarir que no, que el seu lloc —el de mare nostra— la Lídia no el podria agafar mai, perquè només ella era la nostra mare i no tenia cap intenció de cedir-lo a una altra dona. «Si la Lídia vol sentir-se mare, només ha de convèncer el pare per tenir una criatura», va dir-nos. En Marc i jo vam considerar el pare massa vell per tenir un bebè i que nosaltres ja érem molt grans per tenir un germanet o germaneta marrà, però, com va dir la mare, això no era cosa nostra sinó de la nova parella. D'altra banda, la mare va aclarir-nos que la Lídia no li havia pres cap lloc al costat del pare, que ella —la mare— ja no hi tenia cap vincle excepte nosaltres: en Marc i jo. Total, que la mare, des del primer moment va deixar clar que més valia que no féssim la guitza a la Lídia perquè se sentís bé amb nosaltres i el pare. D'altra banda, va declarar-se disposada a acceptar de bon grat que la Lídia s'ocupés de nosaltres amb afecte, però disposada també a posar-se com una hidra si ni tan sols un cop intentava fer-nos de mare suplent.

Ja he dit altres vegades que la meva família és molt civilitzada, ¿oi que sí? Doncs, això!

Les coses a casa del pare, amb la Lídia definitivament incorporada, s'ha de reconèixer que van de primera. El pare està de més bon humor que abans; se'l veu feliç. I la Lídia és una paia molt legal en qui es pot confiar.

Els esmorzars de dissabte a casa del pare són de sucar-hi pa: pa amb tomàquet, truita de patates o de carbassó, embotits, formatges —n'hi ha un de cabra francès, que es diu Cavécou, que em té el cor robat... no, em té robat l'estómac!—, sucs de fruites naturals fets amb la liquadora (té molta paciència, la Lídia; a veure quant temps li dura...), mel, iogurts, fruits secs, pa de pessic, croissants... El prenem a mig matí i ens serveix d'esmorzar i de dinar. La Lídia ens ha explicat que, d'aquest àpat a mig camí entre els altres dos, als Estats Units en diuen brunch, que és una barreja de breakfast (esmorzar) i lunch (dinar). És per aquesta raó que nosaltres ho hem catalanitzat amb el nom de «dizar».

—A dizar! —crida el pare, que juntament amb en Marc està acabant de preparar-lo.

Jo surto de l'habitació amb moltes lleganyes al ulls. Ahir vaig anar a un concert que ens van fer en privat en Carles i la seva banda, i m'he ficat al llit molt tard. Apareix la Lídia amb un posat semblant al meu; ella és força dormilega.

Durant els primers minuts, a taula ningú no piula; només obrim la boca per queixalar el pa o per demanar l'oli. De mica en mica, amb els estómacs plens, ens interessem per les vacances del pare i la Lídia i, quan ens toca, els expliquem com ha resultat el nostre començament de curs. La conversa s'anima i s'anima. Comento que estic escrivint el diari blau sobre violència de gènere, violència escolar i violència infantil.

—Genial —diu la Lídia, que també em va donar molt suport quan estava escrivint el diari vermell—. Espero que no et limitaràs als casos típics que ens ensenyen els mitjans de comunicació.

—¿Quins són els casos típics, segons tu? —pregunta el pare.

—Els que veiem freqüentment: dona amb molt poc nivell cultural, home tan ignorant com ella, situació econòmica desastrosa, alcohol per entremig i assassinat al canto.

—¿I no sempre és així? —pregunta en Marc.

—I tant que no. D'entrada, sempre ens ensenyen gent d'una mateixa extracció social, quan en realitat, de violència, n'hi ha a totes les capes socials: hi ha professors d'institut, metges, polítics, cantants... que maltracten les seves dones. I hi ha moltes dones professores d'universitat, farmacèutiques o arquitectes, que pateixen la violència de les seves parelles. I rarament ens n'assabentem, ja que, sovint, són víctimes de violència psicològica, molt difícil de demostrar.

Mentalment m'ho apunto per a l'informe que vull fer aquesta tarda aprofitant que no puc anar a patinar.

—Amb la violència escolar passa una mica el mateix. Sovint ens parlen de nyetas o kings barallant-se a mort, però aquestes bandes juvenils que practiquen la violència només són una part del problema. L'altra part és la que no es veu o la que no ens fan veure: l'assetjament existeix no tan sols als instituts dels barris econòmicament deprimits, sinó també als altres. Un altre exemple: ens parlen del nen de dos anys que ingressa en coma en un hospital després que el seu pare li hagi clavat una pallissa a la qual, finalment, no sobreviu. En canvi, ningú no parla de nens i nenes sotmesos a càstigs psicològics que són una veritable tortura.

Trobo que té raó. M'ha donat un munt d'idees per al meu diari.

Després de desparar la taula i aguantar el festival de ganyotes que em dedica en Marc, exultant perquè se'n va a patinar, em tanco a la meva habitació a llegir-me els llibres que m'ha deixat la mare. No sé quanta estona he estat llegint; de fet, no torno a la realitat fins que el pare no obre la porta i em diu:

—Carlota, ¿vols dir que t'hi veus?

Aleshores m'adono que estic llegint en la penombra i que ja deu ser gairebé l'hora de sopar. Surto de l'habitació. En Marc és al menjador.

—Us faig saber que el dia d'avui ha estat molt productiu —anuncio.

—Doncs, si sabessis el meu! —cantusseja en Marc—. Avui he aconseguit fer una royale i una topside.

Em faig la desmenjada, com si els èxits sobre patins m'anessin grans, a mi.

2 d'octubre

Amb els apunts que he començat a treure dels llibres de la mare i amb el que he trobat navegant per les webs que havia desat a favorits, començo a preparar el treball sobre violència amb el power point, de manera que, quan l'hagi de presentar a la classe, ja tindré llestes les transparències.

Diapositiva 1

Formes de violència

La violència pot ser:

Psicològica
Física
Sexual

Diapositiva 2

La violència psicològica

→ consisteix a fer mal a una persona sense ni tan sols tocar-la, en general, desvalorant-la.

→ la víctima normalment no té cap manera de demostrar l'agressió.

→ l'entorn de la víctima no s'adona de res.

→ el maltractador continua tan tranquil, amb la situació sota control.

Diapositiva 3

Exemples de viòlencia psicològica

Humiliar, aïllar, amenaçar, ridiculitzar, criticar, provocar sentiments negatius en una persona, perseguir-la, provocar-li inseguretat, alimentar-li el sentiment de culpa, reduir-li l'autoestima, destruir-li propietats (fotos, cartes, objectes...).

Fer veure que t'estimes molt l'altra persona, però amenaçar-la constantment d'abandonar-la o fer-li xantatge dient: «si m'estimessis no faries això o allò...».

Diapositiva 4

La violència física

→ consisteix a provocar un dany en el cos d'una persona.

→ queden senyals de l'agressió i això permet que la víctima en prengui consciència i pugui denunciar-ho.

→ la conseqüència de la violència física pot anar des d'un dolor lleu fins a la mort.

Diapositiva 5

Exemples de violència física

Donar empentes, mossegar, esgarrapar, estirar els cabells, clavar bufetades, clavar puntades de peu, donar cops de puny, llençar objectes, clavar pallisses, utilitzar una arma (ganivet, arma de foc, corda, destral...), estrangular...

També és violència física negar l'ajuda a algú que està en perill.

Normalment, la violència física s'associa a la violència psicològica.

Diapositiva 6

La violència sexual

→ consisteix a molestar de manera reiterada —mitjançant la coacció, la força, l'abús de poder— una persona per obtenir-ne algun favor sexual.

→ consisteix a imposar —mitjançant la coacció, la força, l'abús de poder— una relació sexual a una altra persona que no la vol.

→ una relació sexual imposada atempta contra la llibertat de les persones.

Diapositiva 7

Exemples de violència sexual

Fer carícies o petons indecents, utilitzar un llenguatge procaç, fer insinuacions de caràcter sexual, manipular els pits o els genitals de l'altra persona, obligar l'altra persona a manipular els genitals propis, obligar a veure pornografia, exhibir els genitals...

Violació, o sigui, relació sexual forçada mitjançant la violència, les amenaces o la sorpresa.

Qualsevol activitat sexual entre un adult i un menor de la família...

El matrimoni forçat, els crims en defensa de «l'honor» familiar, la mutilació genital...

Diapositiva 8

Les relacions entre les persones

- Han d'aportar → benestar
  → creixement personal
- No han de representar → dolor
  → destrucció psíquica

Jo diria que ara necessito trobar testimonis en viu i en directe per il·lustrar tot això.

Passo el power point al Marc per veure si s'entén tot bé. S'ho mira detingudament.

—O sigui que, quan pensem en violència, ens imaginem una bufetada o una pallissa o una ganivetada, però, en realitat, la violència va més enllà.

—Sí. I, pel que es veu, les seqüeles de la violència psicològica són les que més costen de curar-se.

—Mmm —fa en Marc—. Ja ho veig: si t'esgarrapen pot ser que ho oblidis fàcilment, però si et diuen que ets un cuc i que mai no arribaràs enlloc, això és més difícil de metabolitzar.

—Crec que sí. Ara que la violència sexual també ha de ser terrible de superar.

—I el que també és clar és que pots patir els tres tipus de violència alhora.

—Sí. ¿Saps què he pensat? Que necessito testimonis. Molts testimonis, tants com pugui...

—Dona, no et passis.

—Val, doncs, uns quants. El cas és que necessito que m'ajudis.

—¿Com?

—Pensant en coses que recordis. O preguntant a la gent que coneixes: a la classe, als de l'equip de futbol... Segur que al nostre voltant hi ha gent que pateix o ha patit alguna mena de violència.

Quan en Marc surt de l'habitació, decideixo enviar el power point i una petició de testimonis a gairebé tota la meva agenda d'adreces. A veure si tinc sort.

3 d'octubre

Abans d'entrar a classe, em trobo envoltada d'un núvol de companys i companyes que han rebut els meus esquemes en power point. Esclar que tinc una agenda un pèl àmplia per fer una tramesa d'aquesta mena...Tot sigui pel diari blau! Sembla que la gent del meu curs ha entès bé els esquemes i està disposada a buscar exemples de testimonis per il·lustrar-los.

La Candela topa amb nosaltres i s'interessa pel curs del meu treball. Li explico el punt en què em trobo, i els altres també hi fiquen cullerada, sobretot pel que fa als testimonis. La Candela em diu que al migdia passi pel seu despatx, que em vol explicar una cosa, segurament útil per al meu diari.

—És un testimoni de primera mà —diu, abaixa els ulls, gira cua i se'n va, deixant-me perplexa.

¿De primera mà? ¿Vol dir que ha patit algun cop violència de gènere o violència escolar? ¿O ha estat ella, una maltractadora d'algú? No m'hi veig de cap ull de ganes que arribi el migdia per descobrir el misteri...

I tot i que sembla impossible, perquè avui el temps passa més lentament que mai, per fi arriba l'hora de dinar.

Entro al despatx de la Candela. La trobo dreta, mirant per la finestra. Es gira lentament i em mira amb els ulls humits. Sembla que torni de molt lluny.

—Seu, Carlota.

Ella també s'asseu abans de començar a parlar. Això és el que m'explica.

Testimoni 1

La Candela és filla d'una dona maltractada. Segons diu, tant el pare com la mare eren dels que pensaven que en una família només n'hi ha d'haver un que mani —l'home, esclar— i tots els altres —la dona i les criatures—, a obeir. I que l'home, doncs, imposa el seu criteri, la seva llei.

Diu que, segons li va explicar la seva mare, durant els dos primers anys de casats, de cops mai no en va rebre, però d'esbroncades, moltes perquè les normes d'ell eren molt rígides i, sovint, ella, sense mala intenció, les incomplia. Podia ser que el menjar estigués a l'hora però que fos un pèl fat. Sidral! O que estigués massa cuit o poc cuit. Sidral, i el menjar per terra i que el netegés amb la llengua. Una camisa mal planxada volia dir que ell rebregava totes les que eren penjades a l'armari i les hi feia tornar a planxar. O n'arrencava els botons perquè els tornés a cosir.

Un dels problemes greus per adequar-se a les normes era, segons sembla, el criteri usat per ell: «Vull les coses tal com Déu mana». Resultava un criteri poc penetrable i poc estable. És a dir, no era gens fàcil d'entendre. I de fet, segons sembla, només ell n'entenia a la perfecció el significat. A més, el criteri podia canviar d'un dia per l'altre, i la mateixa truita que un vespre era massa feta i acabava estampada contra la paret, l'endemà era massa crua i resultava estavellada dins de la pica.

Segons la Candela, la seva mare no podia parlar-ne amb ningú. Al començament, perquè li feia vergonya; li semblava que ningú no es creuria que un home, en aparença tan amable, li fes viure aquell calvari. Aviat, però, ni que hagués volgut hauria pogut explicar-ho perquè va anar perdent totes les amistats i, fins i tot, el contacte amb la seva família. Ell la va anar apartant de totes aquelles persones —qualsevol persona que pretenia relacionar-se amb ella sense ser-hi present ell—, a les quals considerava males influències. Per acabar-ho d'adobar la mare havia arribat a creure's que potser la culpa de tot el que li passava era seva i de ningú més. Com que l'home li repetia sovint que era una pobra ignorant, que no sabia fer res del dret, que tenia una gran sort d'haver-lo trobat a ell, un home amb tanta paciència, capaç d'aguantar el que cap altre no hauria aguantat, la dona va arribar a considerar que, efectivament, era un desastre majúscul i que, per tant, es mereixia aquell tracte inhumà.

Conclusió meva: el paio la humiliava, la criticava, l'aïllava i li provocava sentiments negatius; per tant, practicava la violència psicològica.

Quan va néixer la criatura, o sigui, la Candela, el seu pare va començar a tenir un comportament més i més violent. La primera vegada que va clavar una bufetada a la dona va ser un dia que ella estava atrafegada amb la petita i li va demanar, a ell, que posés a escalfar l'olla amb el dinar. El paio li va clavar un batzac de tal magnitud que no sap com va poder mantenir la nena en braços.

A partir d'aleshores, les pallisses van sovintejar per qualsevol motiu o, fins i tot, sense motiu. Alguna vegada l'home l'atonyinava tan fort que, després, l'havia de dur a l'hospital amb una costella trencada, el llavi partit i dues dents menys, el timpà de l'orella rebentat... La dona sempre donava excuses per l'estil: que s'havia enfilat a l'escala i n'havia caigut, que s'havia clavat un cop amb la porta... A l'hospital, el personal s'ho creia o feia veure que s'ho creia.

Conclusions meves: la dona patia violència física i, al damunt, resultava invisible per als altres.

Quan la Candela va començar a tenir edat per adonar-se de la situació, va creure's la causant de l'agressivitat del pare contra la mare, raó per la qual, sempre que podia, es feia fum. Aviat va començar, ella també, a rebre pallisses, de les quals encara li queden cicatrius al cos. Pel que es veu, aquelles estomacades brutals van ser el detonant perquè la seva mare decidís d'abandonar el seu pare.

Segons la Candela, la reacció de l'home va ser desmesurada: no acceptava que ella el deixés i l'amenaçava de fer-li mal; encara ara està amenaçada de mort. La seva mare tem que algun dia ell compleixi el tràgic avís, però, malgrat el terror que la idea li causa, no es pot estar de dir sovint que ella va començar a viure després d'haver-lo deixat i d'haver fet una teràpia per recuperar la confiança en ella mateixa i per superar els sentiments de culpa. Diu la Candela que, ara, la seva mare, se sent una persona; abans només se sentia una cosa.

Quan acaba d'oferir-me el seu testimoni, la Candela està plorant silenciosament. Li cauen les llàgrimes i els mocs. No sé què fer. Li poso la mà damunt la d'ella. Es refrega un mocador de paper pels ulls, es moca fent molt soroll i em diu:

—Ho sento, però recordar-ho tot ha estat com tornar-ho a viure. Potser jo també hauria de fer una teràpia.

No dic res. No sabria què dir-li. Li faig un petó. Ella m'estreny fort la mà i afegeix:

—De fet, ja fa temps que ho penso, sobretot perquè em veig incapaç d'establir una relació amb un home. M'aterra imaginar que pogués passar-me com a la mare.

4 d'octubre

En Marc i jo ens hem instal·lat tres dies a casa del pare perquè la mare se n'ha anat a la Corunya per participar en un congrés de biblioteconomia. El pare m'ha fet saber, mitjançant una nota enganxada a la nevera, que he de baixar a buscar una barra de pa.

Abans no tingui temps de fer-ho, l'àvia em truca i em diu que em llegeixi la notícia on es parla de regularitzar la prostitució, traient les dones del carrer i tancant-les en prostíbuls.

—¿No hi estàs d'acord?

—Dona, tothom ho pinta com un benefici per a les prostitutes, però a mi em sembla que només beneficia els —com ells s'anomenen— empresaris del sexe, o sigui, el que abans eren els macarres. I, de passada, també afavoreix els clients, que, parlant clar i català, no poden rebre un altre nom que «puteros» o «prostituïdors». Resulta que els empresaris del sexe estan que no s'hi veuen de cap ull amb la notícia, cosa ja prou sospitosa, ¿oi? Sembla que l'Administració coincideix amb els seus desigs i vol prohibir i prohibirà la prostitució pels carrers i carreteres. Regularitzar la prostitució en aquest sentit no dignifica el treball d'elles i, en canvi, pot donar ales a molts homes, que veuran la prostitució com una activitat totalment legítima.

—¿I no ho és?

—A mi em sembla que la prostitució és una forma de violència contra la dona, almenys ara per ara i tal com és la nostra societat. De fet, l'ONU ho considera una forma d'esclavatge i de maltractament contra les dones. Potser d'aquí a cinc-cents anys, les relacions entre dones i homes seran paritàries i, aleshores, la prostitució es podrà veure d'una altra manera... Esclar que, quan les relacions siguin paritàries, no crec que els homes comprin sexe, perquè comprar el cos d'un altre és una forma de dominació. I probablement tampoc les dones no tindran necessitat de vendre's, perquè ja es guanyaran la vida d'una altra manera. Tot i que segur que sempre quedarà un petit percentatge que s'hi dedicarà voluntàriament.

—Hi ha qui compara el treball d'una prostituta al d'un treballador que fa obres al carrer.

—No em sembla comparable pel que et deia abans, perquè la relació home-dona no és simètrica. És com quan es parla d'una dona que ha estat agredida pel seu home i les notícies ho presenten com «s'estaven barallant»... No és el mateix, perquè les relacions encara no són de paritat.

—Però hi ha prostitutes que s'hi dediquen perquè volen.

—Sí. Tens raó. Algunes. Però com que el noranta-cinc per cent de prostitutes de la Terra són forçades a prostituir-se, si m'he de posicionar al costat d'algú, ho faré a favor de les esclaves.

—És raonable.

—I encara una altra qüestió: si considerem que en la societat patriarcal la dona sempre ha estat cosificada i que, justament, el primer pas en les desigualtats dona-home va ser convertir-les a elles en mercaderies, regularitzar la venda del seu cos és donar ales a la part més reaccionària del patriarcat.

L'àvia sospira i continua:

—Crec que s'haurien de perseguir els traficants de dones i nenes, i també els que les usen sexualment. A elles, en canvi, se les hauria de protegir i se les hauria d'ajudar a deixar-ho si ho volen, per la qual cosa caldria destinar-hi recursos, esclar. Apunta aquesta adreça i visita-la; hi trobaràs més informació i més arguments: http://www.apramp.org/

Quan penjo, m'adono que tant xerrar amb l'àvia, m'he oblidat d'anar a comprar el pa, els forns ja són tancats i no n'hi ha ni una engruna per a l'esmorzar de demà. Ajs!

Pujo corrents a casa de la Laura. M'obre la porta ella mateixa. Em fa passar i anem a la cuina. Allí m'adono que no està sola, que hi és també la Clara, una amiga seva. Té el nas i els ulls inflats i vermells. No sé si està refredada o ha estat plorant.

—Clara, la Carlota. Ja us coneixeu, em sembla.

Em sembla que no em recorda. Em sembla que tant se li'n dóna. Crec que només mira cap endins, cap a la seva pena, perquè ara ja sé segur que els ulls inflats són el resultat d'una plorera aguda.

La Laura treu una barra de pa de la bossa, en talla la meitat, l'embolica amb paper d'alumini i me la dóna. Mentrestant, la Clara sospira intensament.

La Laura em fa l'ullet i deixa anar:

—Clara-la-romàntica.

—Riu-te'n tu al damunt —fa la Clara i es moca sorollosament.

—No, si no em fa riure; més aviat em sap greu veure que sempre t'entrebanques amb els mateixos problemes pel que fa als nòvios.

—¿I què vols que hi faci, jo?

—No veure l'amor tal com el veus.

—¿I com el veig? —diu ella, una mica empipada.

Jo m'estic dreta i escolto; com que ningú no m'ha dit que toqui el dos, miro si arreplego alguna cosa interessant per al diari blau.

—El veus com si fossis una princesa de conte a la recerca del príncep blau...

—Dona, tampoc no és ben bé això...

—Vull dir que tens una idea poc real de l'amor...

—No és poc real: és la meva.

—Doncs no sembla que sigui gaire convenient, perquè estimes tant l'altre...

—Més que a mi mateixa.

—Sí, esclar, això és el que sempre se'ns ha recomanat a les dones: primer els altres i, finalment, nosaltres mateixes. Però això és una bajanada: si estimes més els altres que a tu, acabes perdent la dignitat...

—Tu no ho entens. Ell per a mi ho és tot. L'adoro...

—I et fa feliç, ja es veu —diu la Laura, amb ironia—. D'ençà que el coneixes, t'he vist més vegades plorant que no plorant.

La Clara torna a sospirar.

—Això és perquè venim de mons molt diferents i ell està acostumat a fer una vida diferent de la que jo li proposo, però veuràs com...

La Laura fa cara d'avorriment. Jo prenc nota mental de tot.

—Sí, ja ho sé —fa la Laura—: L'amor tot ho pot, i tu acabaràs per fer que el teu nòvio canviï d'hàbits i de valors i de... Quina bestiesa! ¿No t'adones que ni l'amor ho pot tot, ni les persones se les ha de voler canviar?

—Tu deixa'm a mi...

—No, si ja et deixo... Et deixo que ploris i que t'estavellis mirant de canviar els hàbits del teu nòvio quan, en realitat, el que hauries de fer és canviar de nòvio.

5 d'octubre

A l'hora de pati, miracle!, la Mireia ve amb nosaltres. Darrerament només la veiem a classe, perquè a les hores lliures desapareix amb el seu amor. Oh, oh! Aprofitem per clavar-li canya.

—¿Que t'has perdut? —fa l'Elisenda.

La Mireia mira l'Elisenda amb una barreja de sorpresa i menyspreu.

—No. No m'he perdut. ¿I vosaltres?

—Nosaltres sempre som aquí. Ets tu la que mai véns —afegeix la Berta.

—És que en Cèsar... —diu a tall d'explicació.

—És que en Cèsar —no puc evitar retopar-la amb veu burleta—. ¿No pots fer res sense en Cèsar? I, per cert, ¿com és que avui no ve a segrestar-te?

—Està malalt i no... —explica la Mireia, amb veu desinflada, no se sap si per la malaltia del seu enamorat o per la nostra estirada d'orelles.

—Ara de debò, Mireia —talla la Berta—. Et passes una mica, ¿no? Que tinguis nòvio no vol dir que t'hagis d'oblidar de la resta de gent.

—Sobretot si la resta són les teves amigues —afegeixo jo.

—Està bé. Deixeu d'atacar-me. De tota manera, això ja passa una mica quan surts amb algú.

Ningú no diu res, però no sembla que estiguem disposades a donar-li la raó. D'acord que el nòvio t'absorbeix força temps, però no pot ser que se'l cruspeixi tot.

—Tu també estaves així, Carlota, l'any passat quan vas tenir l'embolic amb en Flanagan i en Koert —es defensa.

—Apa! —crida la Berta.

—I què més! —protesta l'Elisenda.

—No és veritat —em revolto jo—. Tenia una mica menys de temps per a vosaltres, però, amb tot, me'n quedava.

—És veritat. Tu, en canvi, has desaparegut.

—Jo mai no havia vist una cosa semblant. Sembles subduïda per en Cèsar.

La Mireia obre la boca. Sembla a punt de dir alguna cosa, però en aquell moment li sona el mòbil. Contesta, amb els nostres ulls fixos en ella.

—¿Sí?

...

—No, sóc al pati. Abans no t'he contestat els SMS perquè era a classe i ara, perquè no he tingut temps, encara.

....

—Ho sento. No, només parlo amb les meves amigues.

...

—Ja ho saps: la Carlota, l'Elisenda i la Berta.

...

—No. Ningú més.

...

—Sí. Ja ho sé.

...

—D'acord. Jo també.

Penja. Totes la mirem acusadorament.

—¿Què? —dic jo—. Era ell, ¿oi?

—¿No pot estar ni un moment sense saber on ets?

—Quin corcó, el paio...!

De sobte, la Mireia s'enfada:

—Ja n'hi ha prou. Deixeu de criticar-lo. És el meu nòvio i a mi m'agrada tal com és. Al capdavall, l'únic que fa és demostrar-me el seu amor.

Aleshores, torna a sonar-li el mòbil.

—¿Sí? —diu, mentre ens fa un gest amb la mà perquè ens allunyem i la deixem parlar en pau.

—Té un ull de poll al cervell —diu l'Elisenda.

Jo començo a pensar que això és una epidèmia: la Clara, la Mireia... ¿De debò els llibres de contes ens han posat a totes al cap la bestiesa del príncep blau? Potser sí...

Al vespre, així que en Marc deixa lliure l'ordinador, el faig meu. Vull entrar al *blog* d'en Gregor Samsa, a veure si hi ha penjat algun altre document.

Gregor Samsa 3

Blog: Memòries d'un escarabat miserable

Ags! Spiderwoman, tu, la meva única seguidora —almenys pel que fa als comentaris que apareixen sota dels textos—, ¿n'estàs segura, que pateixo violència escolar? Me'n demanes més detalls; aquí els tens.

L'Aníbal Lecter fa tres anys que m'usa com a punching ball. Sóc el seu blanc preferit. ¿I tot per què? Doncs, perquè ell intueix el que jo ja sé però no he gosat confessar a ningú. Ho vomitaré avui aquí, a la xarxa anònima i mundial i a tu, spiderwoman, que sembles capaç d'entendre-ho: sóc gai! O sigui, m'agraden els tios. A l'Aníbal Lecter no li agraden els paios que senten preferència sexual pels del seu mateix sexe. O, per dir-ho amb les seves paraules exactes: no suporta els maricons.

L'Aníbal Lecter és un fatxa, un reaccionari i un cretí, però pesa 15 kg més que jo i fa 20 cm més. I amb aquest armari, qualsevol s'hi enfronta...!

És broma, ¿eh? Vull dir que no l'atonyinaria ni tan sols si jo tingués la mateixa bona forma física que ell. No és el meu estil. M'estimo més arreglar les diferències parlant. El problema és que l'Aníbal Lecter no parla, només crida, insulta i fa l'ase.

I jo no sé què fer. Si callo perquè callo; si contesto, pitjor... Total, un drama, encara que no ho expliqui plorant. Somicar tampoc no fa per a mi, m'estimo més posar-hi humor.

Li deixo un comentari:

Ets gai, ¿i què? Tens dret a la teva orientació sexual i dret a ser homosexual sense que ningú hi pugui dir res. Pel que fa al bèstia d'en Lecter, no pots callar. Has de buscar algú que pugui escoltar-te i ajudar-te. Com que sembla que no tens una relació gaire fluïda amb la teva mare i el teu pare, ¿què tal si ho dius a algun professor? ¿A algun company? Heu d'aturar la situació abans no sigui massa tard.

Ho ha dit spiderwoman el 5 d'octubre a les 21:47.

Aprofito que tinc el correu obert per enviar un missatge a l'Octàvia. Vull que m'expliqui què vol dir «ser romàntica»; em penso que aquest és el punt clau d'alguns dels merders sentimentals en què ens trobem les dones. També vull que m'expliqui per què una dona arriba a acceptar que el seu marit la maltracti sense fugir a la primera de canvi. No ho entenc. ¿I per què no fuig d'una manera o una altra, en Gregor Samsa? ¿Per què sembla que víctimes i botxins estiguin units per algun vincle invisible molt sòlid?

Assumpte: Dos dubtes.

Estimada Octàvia,

Hi ha dues qüestions que no veig gens clares.

La primera: ¿per què les noies en general tenim una idea massa romàntica de l'amor i què vol dir això?

La segona: ¿per què una persona que pateix violència de gènere continua vivint durant molt temps, de vegades per sempre, amb el seu maltractador? ¿Per què una persona que pateix violència escolar, com en Jokin, s'estima més suïcidar-se que explicar la tortura que viu? ¿Aquesta reacció és perquè són masoques i els agrada patir?

Un petonàs

Carlota

Fa dies que vaig tan atrafegada que gairebé no tinc temps ni d'anar al Quina-son-tan-dolça a fer una birra amb la colla. Esclar que les meves amigues, tampoc. L'Elisenda és al llit amb una galipàndria que la fa tossir i esternudar sense parar. La Berta ha començat les classes de piano, que per a ella són més importants que res al món; jo crec que de gran serà concertista... I la Mireia... Uf! A la Mireia no li veiem el pèl: continua segrestada pel carronya d'en Cèsar. En qualsevol cas, em sap greu no anar-hi perquè em perdo converses sucoses amb altres amics, com en Carles o en Gabi. A veure si la setmana vinent he avançat prou i m'hi puc escapar una estona...

A la sortida de classes, volo cap a casa del pare. Encara tinc una hora i mitja de tranquil·litat per davant, que aprofitaré per acabar un treball i donar una bona empenta al diari blau.

Així que poso la clau al pany i entro, m'adono que no estaré sola i que, per tant, de pau, menys de la que m'esperava. M'arriba des d'algun punt del pis una cançó. Tot i que no arribo a distingir-ne la lletra, pel ritme repetitiu fins al mareig sé que és una cançó de reggaeton, aquesta variant horrorosa del reggae. Pobre Bob Marley si alcés el cap i veiés en què s'ha convertit el seu fantàstic reggae...! Segurament es tornaria a morir de cop. Perquè el regaetton és un pet. Un pet horrorós, pel que fa a la música. I pel que fa a les lletres, és més que un pet... Són directament de jutjat de guàrdia. La majoria parlen de gresques, diners fàcils i sexe encara més fàcil. Diuen coses tan intel·ligents i interessants com:

Pincho es un Sádico
y se pone de Satánico
y nos dice vamos a cogernos una burra
una burra, una burra!!!

Però, sobretot, són masclistes fins a la nàusea. Totes tracten les dones com a mocadors de paper, com a objectes d'usar i llençar. Per exemple, una que explica que a les dones els convé el xarop d'estopa:

Por delante
Por detrás
Por delante
Por detrás
Pa que te duela
Y si ella se porta mal:
¡Dale con el látigo!
...
Si la trato bien
Me dice estúpido,
Tú sabes que me gusta
Que me des con el látigo.

O aquesta altra, que descriu una dona colada pel seu agressor:

Pobre diabla se dice que se te ha visto por la calle vagando
Llorando por un hombre que no vale un centavo
Pobre diabla llora por un pobre diablo
Él no te valorizó nunca y nunca lo hará
Él sólo te hizo llorar, pero tú lo amas
que no te valorizó, y con un beso te hechizó, él sólo te utilizó
y hasta te embarazó.

Obro la porta de la cuina i em trobo la Noemí, la colombiana que alguns dies ve a casa del pare per ajudar. La sento cantar: «Y si ella se porta mal: ¡Dale con el látigo!».

—Hola, Noemí!

Es gira sense deixar de cantar ni de pelar la patata que té a les mans. Em pica l'ullet.

—Hola, Carlota.

—¿No la trobes un pèl bèstia, aquesta cançó?

La Noemí s'arronsa d'espatlles.

—¿Per què? —pregunta.

—Dona, ¿a tu t'agradaria que el teu home et pegués amb un fuet?

La Noemí deixa la patata damunt del marbre, s'eixuga les mans i el que em respon mereix que escrigui dos testimonis més.

Testimoni 2

La Noemí té trenta-cinc anys. Se'n va anar a viure als dinou anys amb un home que li va pegar des del primer dia. Li pegava per qualsevol fotesa, però, sobretot, si ella gosava preguntar alguna cosa o mostrar alguna mena de desacord. Ell entrava i sortia de casa quan volia; es gastava els diners familiars sense donar-ne explicacions. La situació era especialment ingrata els caps de setmana: els divendres, amb els diners frescos de la setmanada, l'home desapareixia i no tornava fins al dilluns al matí, després d'haver-se fos els calés amb prostitutes. Segons sembla, tampoc no tenia cap problema de dur-les a casa. La Noemí hi topava sovint quan sortien de l'habitació de matrimoni. Això li feia tant mal com les bufetades. I per acabar-ho d'adobar, la Noemí patia les malalties de transmissió sexual que el seu home li encomanava, així com a les prostitutes. Però si la Noemí obria la boca per protestar, li queien més cops. Així doncs, callava.

Diu que quan ja tenia dues nenes i un munt de cicatrius per tot el cos, ell es va morir i ella va respirar tranquil·la. Ara viu amb un altre home, però, el té avisat: si mai se li acudeix de posar-li una mà al damunt, ella desapareixerà per sempre.

Testimoni 3

Quan va arribar aquí, la Noemí va estar com a minyona fixa en una casa durant dos anys, temps durant el qual no va veure les seves filles, que es van quedar a Colòmbia. La família per a la qual treballava tenia un pis enorme —quatre vegades el del pare, diu; de manera que calculo que devia tenir uns quatre-cents metres quadrats. Segons sembla, en aquella casa tot era perfecte: la senyora era guapa i prima, com si fos una top model; el nen i la nena eren bufons i simpàtics, com si sortissin d'un catàleg de roba infantil, i la decoració del pis era magnífica, com si es trobessin a les pàgines d'alguna revista. I de fet, la senyora de la casa només vivia de cara a la galeria. Volia que tot estigués sempre impecable, especialment quan havien de rebre visites. L'únic que resultava terriblement imperfecte era el tracte que l'home proporcionava a la seva dona. Sempre li parlava amb ironia, amb cinisme. Sovint l'escridassava. La feia sentir petita, insignificant i desvalguda. Res del que ella feia estava ben fet. Quan ell se n'anava, la dona plorava sobre l'espatlla de la Noemí i li deia que no podia més, que era inaguantable.

A la nit, mentre sopem, trec a taula l'assumpte de les lletres regaetton.

—¿Creieu que tenen algun efecte sobre el que pensa la gent jove o no? —pregunto.

La Lídia n'està segura.

—Esclar que no podem imputar la violència de gènere a aquesta mena de lletres masclistes fastigoses, de la mateixa manera que no podem dir que la violència que apareix a les pel·lícules o als videojocs sigui la causa d'un augment de la violència —diu—. Però segur que va penetrant en les ments i va configurant una manera d'entendre les relacions.

—Jo crec —afegeix el pare— que és un peix que es mossega la cua: les lletres o els videojocs reflecteixen una determinada concepció social i la reforcen.

Me'l miro pensant que té tota la raó: la lletra de la cançó ens diu el que està passant i, a la vegada, contribueix a fer que la situació no canviï.

—¿Recordeu el merder que hi va haver amb una cançó que es presentava a no sé quin festival?

—No —fem en Marc i jo alhora.

La Lídia s'aixeca de taula.

—Ara torno diu.

—Mentrestant anem traient els plats i portem la fruita —diu el pare.

Uns minuts més tard, la Lídia torna amb un full imprès.

—Ho he buscat a Internet. La cançó es deia «Brujería» i la lletra diu això:

> No tengo ganas de salir,
> No tengo ganas de comer...
> Tú me dominas con sólo mirarme
> Y no hacen falta cuerdas para atarme

Soy una fiera
Que aunque la reja le abran,
Nunca escapa de la jaula
Por amor.

—O sigui, la protagonista de la cançó se sotmet per amor.
—Efectivament! Una idea equivocada del que és l'amor.

7 d'octubre

M'arriba un missatge de l'Octàvia.

Assumpte: Intent d'explicació.
Estimada Carlota,
De les qüestions que em planteges, et contesto la primera. La segona la deixo per més endavant perquè ara mateix estic acabant una novel·la i no tinc gaire temps.
L'amor és fruit de la cultura, o sigui, és fruit d'una determinada manera de pensar, d'unes idees. Això vol dir que l'enamorament i l'amor poden viure's de manera diferent a diferents punts del planeta. També de maneres diverses s'han viscut al llarg de la humanitat. L'amor tal com l'entenem a occident té el seu origen en l'amor trobadoresc. Ja ho saps: els trobadors que cantaven l'amor a la seva enamorada, generalment una dona casada. El seu amor resultava idealitzat, perquè mai no compartien les feines de cada dia, ni havien d'educar les criatures, ni havien de pagar la hipoteca del pis; a més, el seu amor resultava dolorós, perquè mai no el podien fer realitat, i es quedava només en uns sentiments molt intensos —els de l'enamorament sempre ho són— que s'enquistaven.
L'amor romàntic és el que preval en la majoria de novel·les i pel·lícules que ens arriben: l'amor és una força molt poderosa, sovint font de dolor. Però és una idea perjudicial i, a més, falsa: l'amor, si causa dolor, no és amor.
La idea de l'amor romàntic és més perjudicial per a les noies i les dones que per als nois i els homes. Elles encara sovint creuen que han de trobar el príncep blau. Ells, en canvi, no s'hi posen tan-

tes pedres, al fetge. A la cultura patriarcal, sempre li ha interessat fer-ho anar d'aquesta manera. Elles completament atrapades en un sentiment molt potent que les vincula estretament a un home. Ells, en canvi, educats per no comprometre's gaire.

Ja ho veus, tant les noies com els nois heu de fer un esforç per superar aquestes idees tan casposes, si voleu tenir relacions de paritat.

Un petonarro

Octàvia

9 d'octubre

Cap de setmana passat per aigua. L'aprofitem per llegir tant la mare, com en Marc, com jo... Bé, la mare l'aprofita també per sortir amb un amic. Em sembla que és un amic d'aquells especials...

—No diguis bestieses, reina —em diu, però, per com ho diu, sé que he fet diana.

En Marc està devorant *Les cròniques marcianes*, d'en Ray Bradbury. Últimament li ha agafat una gran dèria per la ciència ficció i s'està fent un expert.

—És que és boníssim, el paio —em diu, mentre berenem un tec considerable, a base del pastís de xocolata amargant que va fer ahir la mare—. I tu, ¿què llegeixes?

Li ensenyo la coberta del meu llibre: *Germanes d'estiu* de la Judy Blume.

—¿De què va? —em pregunta.

Reflexiono uns instants abans de contestar:

—Doncs, mira, encara que la contracoberta no ho diu, és un llibre que parla de pinxisme. Parla de violència psicològica entre dues noies de la mateixa edat. De fet, són dues amigues molt amigues, però una domina l'altra i li fa mal de debò.

En Marc em mira amb intensitat.

—De vegades els amics et putegen —diu.

—¿Tu creus que un amic o una amiga et poden voler fer mal?

En Marc arronsa les espatlles:

—Potser no ho volen, però te'n fan.

—Potser el que passa és que no són amics de debò —i pensant en el missatge de l'Octàvia, afegeixo—: Potser tu et creus que són amics i hi tens una certa dependència, però ells no senten el mateix per tu.

—Segurament tens raó —diu en Marc—. ¿Vols que t'expliqui una cosa que mai no he dit a ningú?

—Sí, que vull. ¿De què es tracta?

—Em penso... bé, estic segur que fa dos anys vaig ser víctima de violència escolar.

—¿Què dius? ¿Et pegaven?

—No. Era violència psicològica, assetjament que se'n diu, ¿oi?

Faig que sí amb el cap.

—M'insultaven, em feien sentir un merda, però eren els meus amics, jo me'ls estimava...

—¿I per què no m'ho vas dir, pesolet? T'hauria ajudat.

—No t'ho vaig dir perquè no era conscient del que estava passant. Fins ara que no t'has posat a escriure el diari blau no m'he adonat del que vaig viure realment.

Aquest és el testimoni del que m'explica.

Testimoni 4

Fa dos anys, en Marc, en Joaquim, l'Àlex i en Bru, a més d'anar al mateix curs, coincidien en dues activitats extraescolars. Ben aviat es van fer amics. Segons en Marc, els altres tres eren nois una mica diferents d'ell: més violents, més acostumats a resoldre els conflictes a pinyes. De fet, en Marc és un paio molt legal —això ho dic jo—, que té tendència a resoldre les situacions conflictives per les bones, a base de parlar.

Segons en Marc, aviat van començar a cridar-lo amb un sobrenom: «monyes», que és una manera de dir gai. Pel que sembla, els tres gamarussos estaven convençuts que a ell li agradaven els nois. Però en Marc —cosa que jo ja sabia— diu que li agraden les noies, que sempre li han agradat, també en aquella època. En Marc, doncs, era agredit verbalment perquè els altres el veien com un homosexual.

Conclusió 1: si els altres el veien així però ell és heterosexual vol dir, segurament, que la manera de comportar-se d'en Marc no encaixava amb el que els seus amics creien que havia de ser un noi. Com que ells sí que es consideraven el paradigma de la masculinitat, és a dir, del que ha de ser un noi o un home, es tenien per superiors i humiliaven en Marc.

Conclusió 2: en Marc ha rebut uns models que no són els que es porten. Ell és un noi que mai no ha jugat amb armes, que ha jugat a nines i a cotxes indistintament, que pot plorar sense pudor...

Conclusió 3: em caldrà posar-me a investigar com es creu que ha de ser el model masculí i com, el femení. Potser això em permetrà trobar la clau de volta del problema.

—Pobre...! Em sap molt greu que t'ho passessis malament...

—A mi, també. Però, com que els considerava els meus amics, per a mi era més important mantenir l'amistat que no pas allunyar-me d'aquell malson.

—Ei! Potser això és el que els passa, a les dones maltractades...!

—Potser sí... Potser la seva relació de parella preval per damunt d'elles mateixes.

—I en el teu cas, ¿com es va acabar?

—Gairebé sense adonar-me'n. Aquell estiu vaig anar de campament sol; ells no van venir perquè es van apuntar a fer un curs de vela al port.

—Ah! Ja me'n recordo. A mi em va semblar estrany que no et vingués de gust fer aquell curset que prometia ser flipant...

—És que just el dia que m'havia de matricular, va passar una cosa que em va fer obrir els ulls.

En Marc fa una pausa, com si estigués recuperant tota la informació del seu cervell.

—Anàvem tots quatre pel carrer. Havia plogut i la vorera era plena de bassals. En Joaquim em va donar una empenta deliberadament i la va rematar amb un cop a la meva cartera. Em vaig entrebancar, la cartera se'm va despenjar, es va obrir i tots els llibres van anar a petar dins del fang. Els altres es van posar a aplaudir i a riure.

Només d'imaginar-m'ho, em poso verda d'indignació. Quina colla de maltractadors!

—¿No et va ajudar ningú a recollir les teves coses?

—No. Ho vaig haver de fer jo sol, mentre ells s'allunyaven corrents i encara rient... Carlota, no facis aquesta cara de pena.

—Ai, és que me'n fa!

—Doncs, mira, a mi l'incident em va anar de primera, perquè mentre era allà dins del bassal, rescatant els meus trastos, tot d'una vaig tenir una revelació: aquella colla de malparits no podien ser els meus amics. I vaig decidir que no em matricularia al mateix curs que ells. De manera que, al vespre, vaig dir a la mare que volia anar de campament. Allí, vaig conèixer en Roger i la Lluna. Ens vam fer tan amics —ja ho saps— que, després d'una setmana amb ells, veia la meva amistat amb en Joaquim, en Bru i l'Àlex molt llunyana, poc interessant. Em demanava per què havia tingut tan interès a ser amic d'uns paios tan desagradables, i no hi trobava cap explicació. I dues setmanes després d'haver començat el campament, ja ni em recordava que existien. I jo em sentia feliç; com si m'hagués tret una armadura molt rígida del damunt.

—¿I què va passar quan vau recomençar les classes al setembre?

—Quan vaig haver de creuar el pati sota la mirada d'en Joaquim —era ell sobretot qui em tenia acoquinat, més que no pas els altres—, vaig pensar que no podria, que em resultaria impossible... Però, tot d'una, em va semblar que en Roger era al meu costat... En Roger em deia: «No passa res; jo sóc amb tu». Ja sé que sembla una bestiesa, però jo ho sentia així.

—No! Tant com una bestiesa, tampoc. Potser era un recurs del teu cervell per ajudar-te a passar el mal tràngol.

—Potser... El cas és que aquella idea em va donar forces i vaig caminar per davant d'en Joaquim i els altres dos sense mirar-los i amb pas decidit.

—¿I?

—En Joaquim em va cridar: «Ei, tu...monyes!». Jo sóc conscient que, sense voler-ho, tres idees em van creuar el cap. La primera: havia de continuar caminant com si res i passar de llarg. La segona: havia d'insultar-lo. La tercera: havia de mirar-lo fredament una bona estona, aguantant-li la mirada.

Respiro profundament. Em té impressionada.

—No sé per què vaig decidir-me per la més difícil. La tercera.

—Bravo! Potser va ser en Roger dins del teu cap qui et va ajudar a triar.

En Marc riu:

—Potser sí. El cas és que en Joaquim no s'ho esperava. No s'imaginava que em plantaria a un pam del seu nas i el miraria amb els ulls més freds que vaig ser capaç de trobar. «Monyes», va repetir amb poques ganes. Allò em va donar el coratge necessari. Vaig continuar aguantant-li la mirada fins que ell va abaixar els ulls. Els seus amics se'n van adonar. Me'n vaig anar amb una gran sensació de triomf i d'alliberament.

Li faig un petó i li dic que me n'alegro, me n'alegro molt.

10 d'octubre

Increïble! La Mireia deixa l'equip de bàsquet perquè en Cèsar li ha demanat que no dediqui tant de temps a l'esport; primera perquè és poc femení, diu, i segona perquè així podran estar més temps junts.

—Estàs lirona, guapa! —li diem.

—M'ho ha demanat... —s'excusa.

—Ha! ¿T'ho ha demanat o t'ho ha manat? —salto jo, que ja li vaig coneixent els topants, al paio.

—M'ho ha demanat —diu la Mireia, amb una veu tan poc convincent que no me la crec.

Matem la conversa aquí: si li falta un bull, li falta i no s'hi pot fer res. El que és clar és que he de fer amb una urgència un estudi del que es considera femení i el que es considera masculí. Mira que dir que l'esport és poc femení... Però aquest paio, ¿d'on surt?

Uns minuts més tard, veig la Mireia allunyar-se asseguda al darrere de la moto d'en Cèsar.

12 d'octubre

Després de passar-me part del dia d'avui pencant per esbrinar què és la masculinitat i què és la feminitat (l'altra part del dia l'he passada patinant perquè he recuperat els meus estimats patins; en Marc ja té els seus reparats), he arribat a la conclusió que tant el que s'entén per feminitat com el que s'entén per masculinitat són conceptes de l'any de la picor. El problema és que molta gent encara els considera vàlids i, per tant, aquesta idea tronada de la feminitat i de la masculinitat es van perpetuant i perpetuant i perpetuant, com un cuc sense fi... Com que t'ho creus, el concepte es manté, i com que el concepte es manté, t'ho acabes creient!

Diapositiva 9

Masculinitat

Aquests són els substantius que s'associen amb la masculinitat:
Decisió
Força
Agressivitat
Lògica
Raó

Diapositiva 10

Feminitat

Aquests són els substantius que s'associen amb la feminitat
Submissió
Debilitat
Tendresa
Intuïció
Emoció

Notes per al treball de recerca 3

Si un noi té moltes característiques del bloc feminitat, ¿automàticament és considerat per moltes persones «no masculí»? I, a l'inrevés, si una noia té moltes característiques del bloc masculinitat, ¿automàticament és considerada per moltes persones «no femenina»?

Potser ens caldrà posar fil a l'agulla i lluitar pel replantejament de debò d'aquests conceptes.

El que avui ha passat, mai no hauria cregut que fos possible entre gent de la meva classe, tan normal, tan moderna, tan independent. I, sobretot, mai no hauria pogut imaginar que la Mireia cauria en una situació d'aquesta mena. No la reconec. No sembla la Mireia de sempre. S'ha tornat cega: cega a tot el que fa en Cèsar. És capaç de disculpar-li tot... ¿en nom de l'amor? Però ¿és burra o què? ¿S'estima més destruir-se ella mateixa?

Estic, estic... feta un embolic! I el que és pitjor és que no sé com podem ajudar la Mireia. No vol ni sentir-nos.

És de matí. Ens trobem, com sempre, una estona abans que soni el timbre per començar les classes. La Mireia és l'única que no ha arribat. En Cèsar tampoc no es veu a l'horitzó.

—Deu ser amb aquell paparra —diu l'Elisenda.

I just en aquell moment, se sent la veu de la Mireia que crida:

—Atenció, atenció!

I fa una aparició triomfal amb una mini de cara de cul a terra.

—¿Què us sembla? —diu, movent-se en pla cigonya com fan les tops de les passarel·les.

—Uau! —només pot dir l'Elisenda, tan parada s'ha quedat amb la faldilla en qüestió.

No és només que sigui bonica, és que és una faldilla de primera, d'aquelles que les mares no et compren ni que muntis un pollastre sideral. Diuen que no, que massa calés i que on vas a parar...

Total, que la Mireia ha aconseguit una mini de cuiro negre que havíem vist en un aparador d'una botiga de moda molt coneguda. La mini ens fa xalar a totes, però només la Mireia n'és la propietària legítima.

—Ostres! Estàs espaterrant —li he dit.

—I tant! —s'ha acostat en Carles.

Se sent un xiulet impertinent i admiratiu. En Pau treu el cap:

—Ei! Això és una mini, i la resta són punyetes!

—Jo en vull una d'igual —crida la Laia.

Com si hagués donat el tret de sortida, un munt de nois i noies ens envolten. La cridòria és notable. La mini de la Mireia resulta un èxit fulgurant.

Ella ens explica com s'ho ha fet per comprar-se-la: invertint-hi part del que ha guanyat amb les classes particulars a cosins, cosines i veïnat en general.

Els nois no paren de xiular i de fer el ximple. Ara ja li han trobat el gust a fer l'animal.

I aleshores arriba en Cèsar. Mira l'escena i fa una ganyota.

En Marcel observa en Cèsar amb posat desafiant i, aleshores, amb clares intencions de provocar-lo, es gira cap a la Mireia i li diu:

—Tia, estàs boníssima!

En Cèsar acusa el cop: se sent provocat. S'acosta a la Mireia i es gira cap a tots els altres i amb una veu estrident i desagradable els diu que callin, que ja n'hi ha prou.

Tothom emmudeix per la sorpresa.

En Cèsar es mira la Mireia i, amb els ulls empetitits per la ràbia, li escup:

—No sé què sembles!

No diu res més. Se'n va tal com ha vingut.

La Mireia es posa a plorar.

En Marcel fa cara de perplexitat. Segurament no s'esperava una reacció tan violenta. Els altres ens mirem alçant les celles, sense saber massa bé què fer. La conducta d'en Cèsar no té nom. I la de la Mireia, francament, tampoc, perquè mira que posar-se a plorar per un capdetrons com en Cèsar!

L'abraço.

—No ploris —li dic—. Aquest imbècil no s'ho mereix.

—No és un imbècil; és el meu nòvio. Ja t'ho he dit molts cops. I a mi m'agrada —em diu deixant-se anar bruscament.

No me n'estic de dir-li el que penso:

—És el teu nòvio i també és un imbècil. I el que no entenc és com no te n'adones.

La Mireia em mira enfadada. Jo també ho estic. ¿Com pot ser que no vegi que aquest paio és un impresentable? Un paio que opina sobre la seva roba i ho fa amb unes idees pitjors que les que podria tenir el meu pare... A més, ¿quin dret hi té ell a dir-li que no jugui a bàsquet o a criticar-li la roba? ¿I per què la Mireia l'hi consent?

—És el meu nòvio. I punt. No penso aguantar-te més crítiques d'ell, Carlota.

La Mireia se'n va.

La Berta i l'Elisenda em miren. Jo tinc un embolic de sentiments. No sé quin domina. Em sento indignada amb en Cèsar i la seva gelosia estúpida. Em sento enfadada amb la Mireia i la seva ceguesa amb aquest nòvio tan recargolat que s'ha buscat o, millor, que s'ha trobat. I em sento molt trista amb la meva impulsivitat; potser hauria estat millor no dir res a la Mireia i que algun dia se n'adoni ella sola. O no. Qui ho sap...

15 d'octubre

Aprofito que sóc a casa del pare per pujar a veure la Laura i preguntar-li per la Clara.

—Uf! —diu—. La Clara té tendència a ficar-se en relacions tòxiques.

—¿Relacions tòxiques? —demano.

—Sí, tòxiques, com la droga. Perjudiquen la salut, física i emocional, i provoquen dependència. Són el contrari del que ha de ser una relació. Una relació com cal augmenta la teva vitalitat; una tòxica, te la roba.

Ei! Potser la de la Mireia és també una relació tòxica, perquè cada dia se la veu més tristoia, més decaiguda, menys vital.

—¿Et refereixes a una relació amorosa? —pregunto.

—No. No tan sols amorosa. Pot ser una relació professional, familiar, d'amistat... Per l'educació rebuda, les dones tenim més tendència que els homes a caure-hi. En una relació sentimental tòxica, normalment la dona s'erigeix en salvadora de la persona tòxica, o sigui, d'ell, que és qui té problemes.

Em quedo amoïnada. Tot allò em fa pensar en la Mireia.

—¿Algunes pistes per saber si una relació és tòxica? —em diu picant-me l'ullet.

Faig que sí amb el cap.

Ella agafa un llibre, busca una pàgina i llegeix:

—¿Estàs de mal humor, o irritable després d'haver estat amb aquesta persona? ¿Et sents menys intel·ligent, menys atractiu/atractiva quan estàs amb aquesta persona? ¿Aquesta persona t'humilia, et menysprea, et fa blanc de les seves bromes? ¿Després d'haver estat amb ella fumes, menges o beus més alcohol del que és normal en tu? ¿Et fa mal el cap, plores sovint, tens dificultat per respirar, tens mal d'esquena quan estàs amb aquesta persona?

S'atura i em mira.

—En fi —diu—, només són algunes pistes perquè un noi o una noia puguin detectar relacions tòxiques a la seva vida.

16 d'octubre

Estic treballant a l'ordinador i veig que l'Octàvia es connecta al messenger. Li envio un missatge per veure si té temps de xerrar amb mi una estona.

«Carlota» Hola.

«Octàvia» ¿Què tal?

«Carlota» Pencant una estona. ¿Saps que encara em deus una resposta?

«Octàvia» I tant! T'he d'explicar per què una víctima de maltractaments no fuig sinó que es queda enganxada al seu maltractador.

«Carlota» Bona memòria.

«Octàvia» Ho faré la setmana vinent, quan torni de Londres.

«Carlota» ¿Què hi vas a fer a Londres?

«Octàvia» Me'n vaig a presentar l'últim llibre meu traduït a l'anglès.

«Carlota» ¿Em portaràs alguna cosa ben xula i diferent del que hi ha per aquí?

«Octàvia» Diferent no és fàcil. En aquest món tan globalitzat —només econòmicament, per desgràcia—, a tot arreu hi ha el mateix. Però ho intentaré. De moment, aquí tens un regal made in Octàvia. Un altre test, que et pot ser útil.

«Carlota» Gràcies, Octàvia.

«Octàvia» I ara: a pencar. Adéu!

«Carlota» Molts petons i fins aviat.

Test 2

Aquest test permet predir la violència de gènere. És a dir, si avalues la teva relació de parella mitjançant aquest test i et surten unes quantes respostes positives, compte! Tens moltes possibilitats que la teva parella acabi tenint conductes violentes.

El teu nòvio:

1. ¿Vol tenir-te sempre controlada? ¿Vol saber sempre amb qui estàs o què fas? ¿Vol saber què penses? ¿Et controla amb el mòbil?
2. ¿Et demana sempre explicacions: on has estat, què has fet, a qui has vist, com anaves vestida...?
3. ¿Et prohibeix fer coses: sortir, beure, anar sola...? ¿T'imposa determinades regles; et diu com t'has de vestir, de pintar, de comportar...?
4. ¿Critica les persones que a tu t'agraden, les teves amistats, la teva família? ¿Et diu que no et convenen, que són males companyies?
5. ¿T'amenaça? ¿Trenca coses teves? ¿Crida? ¿Perd el control?
6. ¿Vol que li dediquis la major part del teu temps? ¿Et dóna ordres? ¿Vol que sàpigues en tot moment què desitja?
7. ¿Es burla de tu? ¿Et parla amb un to desagradable o irritant? ¿T'anomena d'alguna manera ridícula o insultant?
8. ¿Es nega a parlar quan li ve de gust? ¿Desapareix durant dies? ¿S'està temps sense trucar-te ni dir-te on és?
9. ¿T'insulta? ¿Et diu que no saps res, que no fas res bé, que ets un desastre?
10. ¿Té molt encant amb l'altra gent mentre amb tu és insuportable?
11. ¿Et menteix sovint? ¿Et posa paranys per veure si li dius la veritat o si fas cas del que et diu?

Quan acabo de llegir el test, una idea em travessa la ment com un llamp: en Cèsar és més que un paparra; en Cèsar és un maltractador. El problema és que no l'hi puc pas dir a la Mireia. No em voldrà ni escoltar.

POTSER NO. POTSER EN CÈSAR no és un maltractador i jo només al·lucino. Aquesta idea em ve al cap quan la Mireia m'explica de quina manera han fet les paus durant el cap de setmana. Segons sembla, primer el paio li va fer arribar un correu electrònic demanant-li perdó. Me l'ensenya.

—Aquesta va ser la primera mostra de voler signar la pipa de la pau —em diu.

He d'admetre que aquest noi en sap, de demanar disculpes. Un text llarguíssim, cosa insòlita ara que a tothom fa tanta mandra escriure. Un text ple d'imatges d'amor, que deuen haver arribat directes al cor de la Mireia. Promeses de canvi, de no tornar mai més a una situació com la que van viure. A més, sembla sincer. El que no m'acaba d'agradar és que, en arribar al punt final, sembla més culpable la Mireia per haver dut una mini excessiva que no pas ell per la seva reacció fora de mida. No demana disculpes, només es justifica dient que la gelosia el va impulsar; la gelosia de veure com tots els companys de curs li miraven les cuixes.

—Al capdavall les cuixes són teves —li faig notar, perquè no estic d'acord amb aquest punt del discurs d'en Cèsar.

La Mireia posa els ulls en blanc, com dient: «quin plom de paia!».

—D'acord, les cuixes són meves, però la gelosia, d'ell.

—¿La gelosia? Doncs que se la confiti i et deixi en pau amb la mida de la faldilla.

—La gelosia és... La gelosia és una mostra d'amor —diu la Mireia.

—¿N'estàs segura? A mi em sembla una mica estrany això que dius. És més, crec que estàs equivocada.

—En Cèsar diu que, quan més t'estimes una persona, més gelós o gelosa n'estàs.

—No em convenç, però deixem-ho córrer. El cas és que heu fet les paus.

Sí. La Mireia diu que ell ha estat encantador, que s'ha compromès a no posar-se mai més com un gat mesquer...

—¿No s'hi posarà encara que torni a sentir gelosia? —demano jo, gens convençuda.

La Mireia fa que sí amb el cap i, després, afegeix:

—Espero.

En definitiva, quan van fugir plegats amb la moto, l'esbroncada va ser majúscula, però, després d'uns quants SMS d'ell, la Mireia va accedir a veure'l. La tarda de dissabte va tenir lloc la reconciliació, que va resultar fantàstica. Ell va estar absolutament encantador, millor que mai.

Està bé, em dic a mi mateixa; donem-li un vot de confiança.

Al migdia me'n vaig a dinar amb l'Elisenda i la Berta al Quina-sontan-dolça. La Mireia no ve amb nosaltres, esclar; torna a tenir, enganxada al cul, una ombra anomenada Cèsar. Uf!

En Carles i en Gabi hi són. Estudien —o ho fan veure!— per a l'examen de demà.

—Ei! Asseieu-vos aquí amb nosaltres! —crida en Carles.

Hi anem, tot i que sabem que així, ben poc treballaran, ells.

—¿Com va el diari blau? —pregunta en Carles.

—Bé. Avança a tota vela.

—¿Ja t'has recordat de parlar de nosaltres, els gais? ¿I de les lesbianes? —em diu en Gabi.

Me'l miro pensant que es confon de diari.

—¿No escrius un diari sobre la violència de gènere i la violència escolar? —pregunta, descol·locat.

Faig que sí amb el cap.

—Doncs, maca, d'assetjament escolar, els gais en patim un munt. Les lesbianes, no ho sé, però m'ho suposo.

Jo no puc deixar de pensar en en Gregor, esclar. Però no li'n dic res; deixo que ell s'esplaï i ens expliqui com se sentia dos o tres cursos enrere quan encara no havia dit a ningú que era homosexual, però ja hi havia algun imbècil a la classe que, perquè s'ho imaginava, li feia la guitza. En aquest moment recordo que també en Marc va passar per aquest calvari. L'un per gai, l'altre sense ser-ho, però tots dos perquè no responien a l'estereotip del que se suposa que ha de ser un home.

—Em sentia com una merda, ja t'ho diré —acaba en Gabi.

Jo me'l miro amb simpatia perquè li'n tinc i també perquè em pregunto si alguna vegada el van insultar al meu davant i jo no vaig fer res per defensar-lo. I aleshores recordo la frase de la mare: no n'hi ha prou de no practicar la violència sinó que cal, a més, no admetre-la. Pots pujar-hi de peus que me'n recordaré per sempre més!

En Carles diu que preguntarà a la seva mare i a la companya de la seva mare si alguna vegada van notar que algú les assetjava a l'escola o a l'institut o bé si algú els fa ara la llesca a la feina pel fet de ser lesbianes.

—Quan ho sàpiga, si és que sí, te n'escriuré un testimoni. Ara, però, en tinc un altre per explicar-te. És el d'una nena que va a la mateixa escola que una cosina meva. La nena, que es diu Magalí, estava acoquinada de por que a casa seva la fessin passar per una cerimònia ancestral que mutila les nenes. Finalment en va parlar amb la meva cosina, que és la seva millor amiga.

Testimoni 5

La Magalí és una nena de Gàmbia. Quan tenia dos mesos els seus pares es van traslladar a viure aquí. Ara ja té vuit anys i es considera una nena catalana com qualsevol altra. Com qualsevol, excepte per una raó: cada vegada que se'n van de vacances a Gàmbia, ella té por que li practiquin l'ablació, o sigui, simplificant: que li tallin el clítoris.

És una tradició al seu país, però una tradició ben bèstia i inhumana —això ho dic jo—. En primer lloc posa en perill la vida de les nenes, que poden morir dessagnades o d'una infecció. En segon lloc, els provoca problemes crònics que afecten la seva salut. I en tercer lloc, les privarà per sempre de tenir una vida sexual satisfactòria. O sigui, és violència de gènere. I resulta que al món hi ha 120 milions de dones i noies a qui els han practicat l'ablació!

Segons la Magalí, la seva mare —que va passar per l'experiència quan tenia cinc anys— ja s'ha convençut que a la filla cal estalviar-li aquesta tortura, però el seu pare opina el contrari. I la seva àvia de Gàmbia ha dit que, aquest estiu, no se n'escapa.

Per això la Magalí, terroritzada, s'ha decidit a confiar-se a una amiga, i juntes n'han parlat a la tutora, que ho ha explicat a una metgessa de l'hospital. La metgessa ha citat el pare i la mare de la Magalí per dir-los que aquesta pràctica està prohibida al nostre país i que, a la nena, no li poden fer ni aquí, ni a Gàmbia, perquè ells dos poden anar a petar a la presó. El pare de la Magalí ha dit que d'acord, però que ¿com s'ho farà per convèncer l'àvia? La metgessa els ha donat una carta amb aspecte molt seriós, amb el segell de l'hospital i tres firmes perquè puguin fer entrar en raó la dona de Gàmbia.

La Magalí confia que la carta serà suficient per dissuadir la seva àvia, tot i que, per si de cas, no anirà sola amb ella enlloc.

Després de sentir aquest terrible testimoni, l'Elisenda sospira i diu:

—Nosaltres som molt afortunades.

I la Berta insisteix en el que ja van dir-me quan vaig començar el diari:

—Serà difícil que nosaltres et puguem oferir testimonis perquè no patim violència de gènere.

18 d'octubre

Arribo a casa i m'esperen, d'una banda, la música de l'equip d'en Marc a tota castanya, cosa que no és una bona notícia, però tampoc no és nova, i d'altra banda, un missatge electrònic de l'Octàvia.

—Abaixa el volum —crido amb tota la potència dels meus pulmons, quan m'assec a la cadira davant de l'ordinador.

No em sent, esclar. M'he d'alçar i anar-l'hi a dir personalment. Així és el meu germà.

—I així ets tu, de torradallonses, nena. No hi ha manera d'escoltar música en aquesta casa.

Sí que hi ha manera, penso, però no cal deixar sord el personal. Ara ja, puc llegir el missatge de l'Octàvia.

Assumpte: L'esclavatge

Estimada Carlota,

Ja he tornat de Londres. Per cert, t'hi he comprat una cosa que et farà il·lusió, però no cal que em posis el dit a la boca perquè no et penso dir què és. Ja ho veuràs quan vingui i t'ho doni.

¿Per què una víctima de maltractaments no fuig sinó que es queda enganxada al seu maltractador?, em vas preguntar. Jo hi afegiria una altra pregunta que requereix un resposta semblant a la que després et donaré: ¿per què un noi com en Jokin s'estima més morir abans que denunciar els seus maltractadors? ¿O per què tantes dones maltractades denuncien el maltractador i, després, retiren la denúncia?

L'explicació és, en tots els casos, la mateixa: les víctimes han sofert un rentat de cervell. Segur que això del rentat de cervell et sona. Per exemple, has sentit dir que els de les sectes, per captar adeptes, els fan un rentat de cervell.

La humanitat fa temps que va descobrir que, per mantenir captives les persones, al dominador no li calia usar la força física; en tenia prou de manipular la gent psicològicament. Aquesta tècnica es va fer servir amb els esclaus: no calien tanques, ni armes, ni grans càstigs per tenir-los sotmesos.

Ja saps que el cervell és un òrgan molt poderós i que pot jugar-nos males passades sense que nosaltres en siguem conscients. Aquesta capacitat és la que s'usa quan es fa un rentat de cervell. Es fa creure a les víctimes, posem per cas els esclaus, que no tenen cap possibilitat d'escapar-se. Les víctimes acaben sentint-se atrapades en una mena de teranyina virtual. I no fugen perquè no creuen que els sigui possible.

Aquí aturo la lectura i amb les explicacions que a continuació m'escriu l'Octàvia, faig un informe:

Informe 2

El rentat de cervell:

El dominador fa creure a la víctima que no val res, que només té valor per la relació que l'uneix a ell.

El dominador intimida la víctima, per exemple, dient que no li parlarà més, que l'abandonarà o que li farà mal.

El dominador aïlla la víctima, bé perquè la tanca en algun lloc, bé perquè no li permet tenir relació amb la seva gent.

El dominador priva la víctima de coses essencials, com menjar, beguda, hores de son, diners o mostres d'afecte i de respecte.

El dominador adoctrina la víctima perquè acabi considerant com a pròpies les idees d'ell.

El dominador dóna a la víctima alguna mostra d'amabilitat o d'afecte molt de tant en tant.

El dominador fa sentir a la víctima que no es pot escapar.

¿Saps com se'n diu d'aquesta situació de la víctima cap al seu maltractador, d'aquesta dependència emocional? Se'n diu «síndrome d'Estocolm».

Una qüestió important respecte a la síndrome d'Estocolm és que qui la pateix no n'és conscient; és més, nega qualsevol submissió al seu enemic. I, de fet, és inconscient perquè és un mecanisme de defensa: amb aquesta manera de fer, la víctima té o creu tenir més possibilitats de sobreviure. Es considera, doncs, que la síndrome d'Estocolm és una conducta adaptativa davant d'aquesta mena de situacions de perill.

L'Octàvia s'acomiada sense donar-me ni una pista del que m'ha comprat a Londres. M'encantaria saber què és... Això sí, després dels petons, em regala un altre dels seus tests.

Test 3

Aquest és un altre test que permet predir la violència de gènere. Ja ho saps, com en el cas del test 2, si et surten uns quants sís, vigila! Vas pel camí de patir violència de gènere.

El teu nòvio:

1. ¿Et dóna sempre la culpa de tot el que no li va com voldria?
2. ¿Mai no creu que ell faci res malament?
3. ¿Només veu tots els teus defectes, tots els teus errors? ¿És incapaç de veure les teves qualitats o reconèixer allò que fas bé?
4. ¿És incapaç de demanar-te perdó?
5. ¿Et prohibeix fer coses que ell mateix fa? ¿Et diu que no surtis al vespre, però ell surt? ¿Et diu que no vol que vagis amb altres nois, però ell va amb altres noies?
6. ¿Se salta sempre que vol els pactes que heu fet?
7. ¿Agafa coses que són teves?
8. ¿No respecta la teva intimitat?
9. ¿Et culpa de tot el que no va bé en la vostra relació?

A la Mireia ja no li veiem el pèl. Altre cop està pendent d'en Cèsar. Amb la moto d'en Cèsar cap aquí, amb la moto d'en Cèsar cap allà... I en Cèsar no la deixa de petja, sembla que tingui por que es relacioni amb nosaltres.

Glups! Com si fos un segrest!

Ai! Ja m'estic imaginant de nou en Cèsar com un maltractador.

—¿Vols dir que no estàs una mica passada de voltes? Mira que considerar-lo un maltractador... —em retreu la Berta.

—Sí, nena, potser se t'està ficant al cap tot el que escrius per al diari blau i t'està organitzant un sidral mental. Jo crec que en Cèsar és una mica estrany, però res més..., ¿oi? —em demana l'Elisenda, i pel to amb què ho diu, m'adono que ella tampoc no està gens tranquil·la.

En qualsevol cas, és difícil de saber i encara més d'alertar la Mireia, perquè, si li deixo anar cap crítica contra en Cèsar, em salta a la jugular.

A la nit, ve l'àvia a sopar a casa. Aprofitem per parlar del meu diari blau i del meu treball de recerca.

—D'una cosa estic segura —dic, en acabar d'exposar tot el que he après fins ara—. Jo mai no seré una víctima.

—¿I per què n'estàs tan segura? —responen la mare i l'àvia alhora, com si s'haguessin entrenat.

En Marc deixa la forquilla i em mira amb interès. Aleshores recordo que ell ja ha experimentat què és ser una víctima i això em fa dubtar de la meva afirmació. Al capdavall, en Marc i jo no som tan diferents. Si ell ha pogut ser una víctima, ¿potser jo també en podria ser una?

—Doncs... No ho sé. És una sensació que tinc... Penso que potser les víctimes ja tenen alguna característica que les porta cap a aquest destí —dic.

Ho acabo de dir i ja veig que és una bestiesa.

—No, les víctimes no tenen cap particularitat psicològica —diu l'àvia.

—Tots i totes podem ser víctimes en un moment donat de la

nostra vida; només cal que es donin les circumstàncies adequades perquè t'hi converteixis —diu la mare. I alçant-se agafa un diari, per llegir-nos una notícia, segons la qual un dels maltractadors d'en Jokin, en una altra ocasió, va buidar un ull a un altre noi.

—Aquest no és una víctima —dic jo, amb ironia.

—No —diu la mare—. Aquest és un maltractador amb un futur ben negre per davant, perquè, si continua amb conductes d'aquesta mena, pot acabar a la presó.

—Però a la presó sí que podria esdevenir víctima d'algun altre pres —avisa l'àvia—. Aleshores sí que sabria el pa que s'hi dóna.

En Marc, que ja ha tornat a agafar la forquilla i endrapa amb fruïció les mandonguilles amb sípia de la mare, em mira volent dir: «Ho veus, rata sàvia. Tu també podries ser-ho».

—El problema —diu l'àvia— és que, en general, en una cultura competitiva com la nostra, la gent associa «víctima» amb una persona dèbil.

—I no és així, esclar —mormolo, pensant en el meu germà.

—De fet, si la nostra cultura no fos tan individualista ni tan agressiva, les víctimes serien mirades amb molta més simpatia. La víctima mereix tot el nostre suport i respecte; i el botxí, el maltractador, tota la nostra repulsa.

—Jo crec —diu la mare— que la paraula víctima té unes certes connotacions pejoratives, i per això a ningú no li agrada ser anomenat d'aquesta manera. I les té pel que diu l'àvia i també perquè, en molts casos, la societat s'ho munta per fer les víctimes parcialment responsables del que els ha passat.

—Ah! —dic—, com quan algun jutge sosté que la víctima d'una violació en té part de culpa per dur la faldilla massa arrapada.

—Exacte.

—O sigui, tothom pot ser una víctima. També jo —dic mossegant-me el llavi.

—¿I tothom pot ser un maltractador? —pregunta en Marc.

—Jo crec que s'ha d'estar una mica boig per maltractar algú —dic jo—. ¿Són psicòpates els maltractadors?

—Doncs no —respon la mare—. Els maltractadors no són pas bojos. Són persones normals i corrents que tenen el cap ple de determinades idees.

—Per exemple: un home que mata la seva dona, que s'ha volgut separar d'ell, és un home malalt de masclisme. Creu que ell, com a home, està per sobre de la dona i, per tant, no pot tolerar que ella l'abandoni.

—O un noi que clava pallisses a un altre és un noi malalt també d'idees.

—Per exemple, de la idea que els nois han de ser agressius, decidits i amb mala llet —diu en Marc amb intenció.

—Exacte —fa la mare—. I els nazis estaven malalts d'idees. Les idees d'una raça ària pura i, per això, van exterminar jueus i gitanos...

—Conclusió —diu l'àvia—, hi ha factors de risc perquè et converteixis en maltractador, per exemple, si tens idees masclistes, homòfobes, racistes... De la mateixa manera que hi ha factors de risc per convertir-te en víctima de la violència: ser dona, ser d'una raça diferent a la blanca, ser homosexual, ser una criatura petita... O sigui, si no pertanys al grup que té el poder.

—I el poder és blanc, ric, heterosexual i masculí i, si no, mireuvos els diaris o la televisió i digueu-me què hi veieu, de qui es parla, qui decideix...

—¿Pot ser que un home sigui maltractador sense adonar-se'n? —demana en Marc.

—Pot ser —diu la mare—, especialment quan el discurs que domina és el seu. Però en el moment en què es posa nom a la qüestió i es fa visible, el dominador ja no té excusa: ha de ser forçosament capaç de reflexionar respecte a la seva conducta i adonar-se que no és correcta. Si es queda ancorat en les seves idees, és perquè ja li va bé.

20 d'octubre

Avui no vaig a classe; tinc mal de cap, em ploren els ulls i, quan empasso saliva, sento com si em freguessin la gola amb paper de vidre.

—Un simple refredat —diu la mare, que sempre treu importància a les situacions—. Queda't al llit i no et moguis; a l'hora de dinar vindré a fer-te companyia.

Però no: a l'hora de dinar en comptes de venir la mare, apareix en Marc.

—La mare té una reunió —diu en Marc. Es treu un retall de diari de la cartera—. Au, vés llegint mentre jo et preparo el dinar. T'he portat dues notícies que et poden interessar per al teu diari blau.

—Ets un sol!

—Ho sé, ho sé... No trobaries cap altre germà al món com jo —diu i em pica l'ullet.

La primera notícia parla de la detenció d'un professor de la Universitat de Granada que entrava en contacte amb nens de deu i dotze anys a través del messenger i, un cop s'havia fet amic d'ells, els demanava que es despullessin davant de la webcam. Les imatges dels nens les distribuïa per Internet a pederastes, o sigui, paios adults que se senten sexualment atrets pels nens.

La segona notícia parla de tres estudiants de Zamora que han estat detinguts per captar amb els seus mòbils escenes de contingut sexual d'unes quantes companyes de l'institut. Pel que es veu, després enviaven, a altres companys, les escenes pel mòbil a canvi de calés.

—¿Què me'n dius? —demana en Marc, mentre em deixa, damunt del llit, la safata amb el dinar.

—Apa! ¿Un altre cop mandonguilles amb sípia? —dic per tocar-li el nas.

—¿Què esperaves, que et fes un arròs a la cassola?

Surt de l'habitació i hi torna al cap d'uns minuts amb la seva safata. S'asseu als peus del meu llit i m'assenyala els retalls de diari.

—Com diuen l'àvia i la mare, qualsevol pot ser un maltractador.

—Efectivament: un professor d'universitat, uns companys de l'institut...

—I tothom pot convertir-se en víctima: el teu germà xatejant per Internet o tu, als vestuaris del poliesportiu.

—Doncs, ja ho saps, borinot, vés amb molt de compte amb els xats, sobretot si un paio et vol fer regals i t'ofereix, per exemple, un mòbil o entrades per a un partit de futbol. No serà gratis; després es voldrà aprofitar de tu.

—Sí. I sembla que si m'hi nego, aleshores m'amenaçarà d'infectar-me l'ordinador o fer-me mal.

—No caiguis mai en el parany. Però si hi caiguessis, m'ho dius volant o l'hi dius a la mare. Veuràs la denúncia que li posem, al paio.

A la tarda, aprofito per llegir al llit, que és una de les meves activitats preferides. Tinc entre mans un llibre que m'ha recomanat la mare. És una novel·la d'una autora alemanya, la Birgit Vanderbeke. Es titula *Mejillones para cenar*. Un llibre curt i divertit... Bé, més que divertit, extremament irònic. La mare em va dir que era una sàtira boníssima de la família patriarcal i, realment, ho és.

Tot i que a casa no es regeixen per aquest patró, reconec que és el model familiar de molta gent que conec. Per exemple, la família de la Rosa, una noia del meu curs amb qui no tinc gaire amistat, però amb la qual vaig haver de fer un treball l'any passat. Vaig passar un cap de setmana a casa seva i em vaig prometre a mi mateixa que mai més no li tornaria a acceptar una invitació. L'ambient era tan tens que se'm va posar un pes a l'estómac que no em vaig treure del damunt amb facilitat. Aparentment, no passava res: no hi havia crits; el pare parlava amb un to discret, i la mare amb una veu que gairebé ni se sentia. Ella, s'ha de dir, semblava força acoquinada quan el seu marit era a casa; com si no gosés contradir-lo en res. Al pare, en canvi, se'l notava a la seva salsa; feia la impressió que aquella era casa seva més que no pas la dels altres. Quan alguna cosa del que feia algun membre de la família no li agradava, es limitava a alçar la cella, amb cara de males puces, i l'altre, com si li haguessin tocat un botó, aturava l'activitat o la feia d'una altra manera.

Els àpats eren una tortura. Tothom parlava poc i, si algú expressava un punt de vista que generava l'oposició del patriarca, immediatament es feia enrere o callava. Només una vegada, durant un sopar i a propòsit de la pena de mort, la germana gran de la Rosa va insistir a tirar endavant els seus arguments; es mostrava contrària a les execucions. A mi, m'hauria agradat intervenir-hi per expressar el meu parer, que coincidia amb el de la Rosa, però, sentint el to cada cop més agressiu del pare i veient la cara tensa dels altres membres de la família, vaig considerar més prudent no obrir la boca. L'ambient es va anar escalfant tant que vaig arribar a pensar que, de la tensió, alguna copa o alguna bombeta petarien. L'únic que va petar, però, va ser el patriarca. Tot d'una, acalorat i acorralat, va clavar un cop de puny damunt la taula i va dir: «Prou, en aquesta casa mano jo i d'aquest tema davant meu no se'n tornarà a parlar més».

Llegint el llibre de la Vanderbeke, em sento transportada de nou a casa de la Rosa —però sense els recargolaments de panxa— i, gràcies a aquesta experiència prèvia, em resulta fàcil captar el caràcter coercitiu de la família patriarcal que descriu el llibre.

Quan acabo de llegir-me la novel·la, em poso davant de l'ordinador i comprovo si en Gregor hi ha penjat un nou missatge.

Gregor Samsa 4

Blog: Memòries d'un escarabat miserable

¿Parlar-ne amb un professor? Ai, spiderwoman, t'agraeixo l'interès, però els profes del meu insti són autistes. No veuen, no senten, no diuen res... tret del que fa referència a les seves matèries. I els estic ben agraït a tots els qui es limiten a ignorar la realitat... perquè n'hi ha algun que, de ben poc, no m'insulta ell, també. El de gimnàs, per exemple, em llança mirades despectives sempre que la vesso... que, dit sigui de passada, és una situació freqüent perquè, pel que fa als esports, sóc una maleta. En canvi, sóc bo a la classe de física.

De tota manera, si em veiessis avui, em recomanaries d'anar a l'hospital. Perquè, aquesta vegada, sí que l'Aníbal Lecter s'ha passat uns quants pobles i m'ha deixat la cara, l'esquena, la panxa.. en fi, tot jo, fet un cristo. O sigui, per si no ha quedat clar: m'ha fumut una bona pallissa. Ho dic traient-li importància, però, de debò, estic fet pols. Per fora i per dins!

Tot ha estat per culpa d'un colom. Et deus pensar que m'agraden aquestes bestioles. Però no, gens ni mica. Em semblen rates repugnants. Ara bé, una cosa és que els tingui tírria perquè són bèsties malaltes i brutes, que ho emmerden tot amb els seus excrements, i una altra de ben diferent és que estigui d'acord a torturar-los. Això era el que estaven fent l'Aníbal Lecter i els seus sequaços a la sortida de l'institut: turmentar un colom. El tenien acorralat dins d'un matoll i, cada vegada que la pobra bèstia treia el cap i pretenia alçar el vol per fugir, ells li clavaven cops amb dos bats de beisbol. No et pensis que he tingut valor per defensar el colom. Noooo. L'Aníbal em fa massa por... Simplement, de la sorpresa i l'angúnia que m'ha causat l'escena, m'he aturat uns segons, suposo que amb una ganyota de fàstic a la cara. L'Aníbal m'ha vist i ha copsat el gest de la meva boca. Potser s'ha sentit provocat per la meva expressió... El cas és que, així que ha deixat el colom sec d'una garrotada, ha vingut cap a mi i m'ha cridat: «ara n'hi haurà per a tu, maricon de merda». I s'ha posat a fúmer-me garrotades. Els altres s'hi han apuntat.

No em podia defensar: eren massa contra mi i, a més, estava paralitzat per la por i el dolor. Em feien tant mal que creia que em mataven. I potser ho haurien fet si no hagués estat perquè un d'ells ha dit: «au, va, no ens passem. Ja n'hi ha prou».

M'han deixat allí tirat, al costat del colom ensangonat. No sé l'estona que m'he quedat a la vorera sense poder aixecar-me. Per fi, fent un gran esforç, m'he posat dret i he anat cap a casa. Afortunadament, la mare no hi era i he pogut tancar-me al bany a examinar els desperfectes de la meva carrosseria. No sembla que tingui res trencat, però els cops són evidents per les marques vermelles.

Els pares m'han demanat explicacions. He dit que un company m'ha deixat el monopatí i que jo, graponer com sóc, m'he estavellat contra una paret. No m'ha costat gens que s'ho empassessin; ja he dit abans que la meva falta d'habilitat corporal és coneguda pel meu entorn. La mare ha parlat de dur-me a l'hospital, però l'li he tret del cap; li he dit que estava perfectament bé. El pare ha dit que uns quants mastegots és el que em convé per fer-me un home. El meu pare té ànima de legionari.

Em demano si l'Aníbal és un psicòpata. Però, si ho és, deu tractar-se d'un psicòpata selectiu —¿existeix la psicopatia selectiva?— perquè només practica la violència contra la meva persona.

En qualsevol cas: declaro que avui no em sento com una bossa de la brossa, sinó com un plat de carn picada. Tot i que, almenys, he salvat la pell, cosa que no podrà fer el colom.

Li deixo un comentari:

Em sembla, Gregor, que, de la teva flegma i la teva ironia, en fas un gra massa. Reacciona! No ho pots continuar tolerant: et cal fer-hi alguna cosa. Fixa't, avui han passat de l'agressió psicològica a la física, i això ja no té aturador. ¿Permetràs que et continuïn fent mal? Cal que els denunciïs. No t'ho pensis més: són uns maltractadors i el que fan és un delicte.

Ho ha dit spiderwoman el 20 d'octubre a les 17:56.

Avui la Candela aprofita l'estona de tutoria per parlar dels desastres naturals que assolen la Terra.

—Ja ha quedat enrere el Katrina —diu— i la inundació de Nova Orleans, amb totes aquelles dones, homes, nens i nenes tancades al centre de convencions, vigilades a punta de canó per la policia del seu propi país, sense menjar ni beure, a quaranta graus de temperatura i amb una humitat del noranta per cent...

Ajs! Quina set devien passar. Penso en un dia d'estiu, a la meva ciutat, al costat del mar, amb una humitat d'aquest estil, tot i que amb temperatures més baixes... I només d'imaginar-m'ho crec que ja començo a suar i a necessitar un vas d'aigua.

—L'huracà Stan ha causat molta destrucció a Guatemala, Mèxic i Santo Domingo —diu.

Continua explicant-nos que, per exemple, un poble situat al vessant d'un volcà ha quedat completament colgat pel fang. Més del vuitanta per cent de la població ha mort. Els que queden no tenen res. Ni casa, ni aliments, ni begudes, ni medicaments, ni, en molts casos, la gent que estimen; han perdut el pare, la mare, un germà, l'àvia... Terrible!

També parla del terratrèmol que hi hagut a Cashemira, al Pakistan. Es diu que hi ha desenes de milers de morts. Els supervivents s'estan on poden, aixoplugats sota trossos de plàstic, per mirar, inútilment, de protegir-se de la pluja i del fred, al seu voltant només veuen runa, sota la qual hi ha enterrats parents i amics. Fa quatre dies que no mengen; hi ha ferits, molts de gravetat, que no han pogut ser atesos per personal sanitari... Horrorós!

—¿Quines emocions us fa sentir això que estem comentant? ¿Què sentiu? —pregunta la Candela.

—Jo tinc el cor encongit —diu una.

—Doncs jo el tinc aquí, al coll —diu una altra.

—Jo m'estic morint de gana.

—Doncs jo no sento res —diu un.

—¿Res de res? —pregunta la Candela, sense sorprendre's.

A mi, en canvi, sí que em sembla al·lucinant. ¿Que és de porexpan, aquest noi?

La Candela explica que, per poder entendre el que sent una víctima d'una catàstrofe o de violència de gènere o de qualsevol mena de violència, cal ser capaç de posar-se a la pell de l'altre.

—D'això, se'n diu tenir empatia.

M'ho apunto per al meu diari.

—Si una persona és empàtica, està capacitada per sentir les emocions que experimenta una altra com si fos ella mateixa.

—Això no és possible —diu el mateix noi de la classe que abans ha dit que no sentia res.

—És veritat —diu un altre—. Jo no em puc posar a la pell d'un altre; només em puc posar a la meva.

—¿N'estàs segur que a la teva sí que t'hi poses? Ho dic perquè, per sentir les emocions dels altres, primer cal reconèixer les d'un mateix —diu la Candela. S'atura un moment, ens mira i continua—: Tots i totes heu de mirar a dins vostre per saber què us passa, si no, us resultarà impossible ser empàtics, posar-vos al lloc de la víctima.

—¿I quin sentit té posar-s'hi? —diu un—. ¿Per què hauria de voler angoixar-me si les víctimes són ells i no pas jo?

—Home, d'entrada se m'acudeixen dues raons perquè ho facis. La primera: necessites sentir empatia per madurar com a persona i relacionar-te èticament amb els altres. La segona: tu pots ser una víctima en un moment donat de la teva vida i et caldrà la compassió i solidaritat dels altres.

—Se'm fa difícil d'imaginar-me com a víctima —diu el paio.

—Doncs imagina't que, per exemple, sotmets a assetjament un company de curs perquè ve d'una cultura diferent de la teva i no ets capaç de posar-te en el seu lloc. Imagina't que, deu anys més tard, entres a treballar en una empresa que t'envia a un país on domina la cultura que tu menyspreaves, i ara ets tu el menyspreat.

—Dona, vist així... —diu—, esclar, tens raó.

—En definitiva —sembla que ja acaba la Candela—, tenir empatia vol dir ser capaç de mirar la vida des del punt de vista de l'altre.

—Ah! —exclamo—. Per exemple, ser capaç de posar-te unes ulleres liles, com em va recomanar l'àvia quan escrivia el diari lila, i veure el món amb una mirada diferent de la masculina.

—Doncs sí. O mirar el món des del punt de vista de la gent

gran o de les persones atees o de les musulmanes o... Un punt de vista diferent del que tens sempre.

Després d'aquesta conversa preparo l'informe 3.

Informe 3

Per poder practicar l'empatia,

• Primer: cal ser capaç de reconèixer les pròpies emocions. Per exemple:

Pregunta: ¿què em passa?

Resposta: tinc mal de cap.

Pregunta: ¿hi ha algun sentiment darrere d'aquest mal de cap?

Resposta: la ràbia.

Pregunta: ¿què m'ha provocat ràbia?

Resposta: que el meu nòvio m'hagi dit que no em queda bé un vestit perquè em sobren alguns quilets.

• Segon: cal ser capaç de posar-se en el lloc de l'altre.

Observar els gestos, les expressions de la cara, el to de veu, la mirada de l'altre: ¿té por? ¿té angoixa? ¿té inseguretat? ¿té dolor? ¿té ràbia?...

Escoltar bé què diu l'altre.

Imaginar-te que tu ets l'altre i pensar què sentiries.

22 d'octubre

Tatxan! La mare ens diu que ha convidat a sopar el seu amic...

—¿L'especial, vols dir? —pregunto jo amb tota la mala intenció.

La mare alça un dit suposadament amenaçador:

—Carlota, espero que ni se t'acudeixi deixar anar alguna bestiesa de les teves.

Faig l'ullet a en Marc i dic:

—No et preocupis, mare. No faré el ximple. Em limitaré a preguntar-li si les seves intencions cap a tu són serioses.

—Jo li demanaré si té el propòsit de dur-te a l'altar.

—Carlota! Marc! —crida la mare, amb fals horror.

—¿No ho vols? —li dic amb molta innocència.

—Mira que ens ho posa complicat... —fa en Marc.

—No vull que feu cap comentari impertinent, ni que sigui per riure. ¿D'acord?

Fa la impressió que la mare no acaba d'estar tranquil·la. Miro de desviar la seva atenció.

—¿I per sopar què tenim?

Ho demano pensant que conèixer l'amic especial de la mare és un bon motiu perquè tinguem un sopar poc habitual. Poc habitual no pas perquè a la mare no li agradi cuinar —que li agrada, i molt!—, sinó perquè mai no té prou temps per fer àpats elaborats.

Sí. L'he encertada. De primer, calamarsets amb cigrons. De segon, llobarro al forn. Per postres, una papillotte de fruites. Mmmm! Es nota que la mare vol causar bona impressió.

—Ets ximple! —em diu trencant-se de riure quan l'hi faig notar.

—Ara de debò, mare. En Fernando, ¿és el teu nòvio, el teu amant o què?

—És un amic especial —contesta la mare fument-se'n.

—¿Penses dur-lo a viure amb nosaltres?

La mare em mira perplexa.

—Carlota, de moment no tinc cap intenció ni de prescindir de les relacions íntimes amb un home, ni d'oficialitzar la meva relació. Així doncs: tot continuarà com fins ara. De tota manera, potser algun dia canvio d'idea. Us ho faré saber amb temps.

Mentre en Marc i la mare acaben de preparar el sopar, jo m'empesco un informe sobre la gelosia, que ja fa dies que vull escriure.

Informe 1

La gelosia no és amor sinó una malaltia.

La gelosia apareix per culpa de la idea que sovint tenim ficada al cervell de com ha de ser una relació amorosa. O sigui, una vegada més, el cervell ens fa la pirula!

Primera idea equivocada: moltes persones creuen que la persona a qui estimen els pertany i que tenen tots els drets sobre la seva vida. Pensen: si m'estima no pot tenir una relació íntima, sigui emocional o sexual, amb un altre.

Segona idea equivocada: moltes persones creuen que la gelosia és un senyal d'amor. I no és veritat: la gelosia només indica que una persona vol dominar-ne una altra. Pensen: la meva parella no pot deixar-me mai perquè, si ho fa, jo no ho suportaré.

Com menys confiança en ella mateixa té una persona, com més desigual és una relació, més probabilitat hi ha que aparegui la gelosia.

—Carlota! —en Marc entra com una tromba a la meva habitació—. Ja és aquí.

—¿I què? ¿Quina pinta té?

—Sembla un paio força normal. És de Saragossa, però sap parlar el català perquè viu a Tarragona. El pobre m'ha mirat com si s'estigués examinant.

—Doncs, apa, anem cap allí a veure si aprova el test de «nòvio ideal per a la mare»; no el fem esperar.

Encara no una hora més tard, reconec que en Fernando ha passat l'examen amb cum laude i que la cara de víctima propiciatòria que feia al començament era ben bé de per riure. S'enrotlla bé amb nosaltres, però sense passar-se de la ratlla. O sigui, és simpàtic i amistós però no va de col·lega ni fa servir el mateix vocabulari que nosaltres. No ho suportaria... La mare tampoc, em sembla.

S'ha de dir que, de moment, tenim sort amb les parelles que han trobat tant el pare com la mare. Que duri!

A més, sorpresa immensa!, el tal Fernando resulta ser un advocat de Tarragona que fa voluntàriament les guàrdies de violència de gènere als jutjats. ¿I per què les fa voluntàriament? Perquè és un feminista convençut.

En Marc i jo ens quedem a quadres. No és fàcil trobar un home feminista...

—¿I com voleu que no ho sigui? —ens pregunta amb veu de tro—. Quan vaig estudiar la carrera vaig aprendre que la justícia...

Aquí s'atura i es col·loca bé, com un actor a punt per recitar. Realment el paio no només té vocació de feminista sinó també de pallasso. Et parteixes el cul de riure amb ell. Amb una veu profunda diu:

—... que la justícia és la constant i perpètua voluntat de donar a cada persona el seu dret.

Ens quedem en silenci. Potser la vessarem si obrim la boca. La frase tampoc no és que sigui transparent.

Ens mira i riu amb riallades grosses i sonores, que encomanen les ganes de viure. Aquest home és sobredosi en tot!

—O sigui, si estem d'acord que cada persona té el seu dret, comprendreu que jo, per fer honor a la meva professió, he de lluitar activament per rescatar els drets de les dones.

En Marc em clava un cop de colze que jo interpreto com: «apunta, nena, que això és material de primera per al diari».

—Ui! —diu la mare—, te'n presentaria molts i moltes que consideren que, al nostre país, les dones ja han aconseguit la paritat.

—Oh sí, sí! —diu en Fernando—. El nostre país és un oasi en un planeta ple d'injustícies. Posem per cas, al món, de cada cent pobres, setanta són dones, en canvi, al nostre país les dones no en són gens, de pobres... No, i ara!

Per continuar la seva ironia, jo dic:

—I tant que són riques!, total només guanyen un trenta per cent menys que els homes i tenen una taxa d'atur que dobla la dels homes i tenen unes pensions de jubilació miserables...

—No continuïs, sisplau —m'interromp en Fernando fument-se'n de nou—. Queda claríssim que les dones al nostre país tenen tants calés com els homes i que, per tant, la lluita per als seus drets és una bestiesa. Passa el mateix amb la violència: segons l'ONU una de cada tres dones al món ha patit abusos, ha estat maltractada físicament o ha estat agredida sexualment...

—En canvi al nostre país això no passa, ¿oi? —ara és la mare la que hi posa el toc irònic—. Al capdavall, només mor una dona cada quatre dies a mans de la seva parella o exparella...

—Un oasi, ja us ho dic... —fa en Fernando—. Ara de debò: ningú que tingui una mica de capacitat d'anàlisi pot negar que tampoc al nostre país existeix una paritat real entre les dones i els homes. I el que és pitjor, les millores aconseguides amb la democràcia ja havien estat incorporades i perdudes en altres temps de la història, per exemple, durant la segona República.

—O sigui, un pas endavant i dos enrere... —sospira la mare.

—Efectivament —diu en Fernando—. I em temo que ara estem en una època de passos enrere. D'entrada, pel model, i quin model!, anglosaxó, en el qual els drets humans van de baixa ateses les croades contra els terroristes i a favor dels dòlars. De sortida, per la influència del món àrab. Només per posar-vos un exemple, ¿sabeu que les intèrprets d'àrab en els judicis contra els maltractadors estan amenaçades de mort pels acusats?

—I també és una època de passos enrere per la connivència de moltes persones amb aquest model. ¿T'has fixat que els diaris, fins i tot els anomenats progressistes, només donen la veu a les dones musulmanes encantades de dur el vel? ¿Per què mai no donen la paraula a una musulmana contrària a aquesta pràctica cultural que ha costat la vida a tantes dones al planeta? ¿Per què li concedeixen mitja pàgina a una diputada de Melilla, orgullosa de dur el vel, que argumenta que així els homes no se la miren?

—Ei! I si es tanca dins d'una gàbia ni tan sols la podran tocar —afegeix en Marc rient.

—Realment, com a argument és brutal —dic.

—Però els mitjans de comunicació es fan ressò de postures com aquesta i no de les contràries perquè, ni que sigui inconscientment, serveix els interessos del poder... I el poder és masculí.

—I els directors dels principals mitjans de comunicació són homes —afegeix la mare.

23 d'octubre

Avui hem fet el manta perquè ahir, xerrant, xerrant amb en Fernando, ens en vam anar al llit a les quatre de la matinada. No sé si els vam fer la guitza, a ell i a la mare; potser s'haurien estimat més quedar-se a fer la sobretaula tots dos sols. El cas és que ahir ni se'm va acudir un pensament com aquest; només avui hi he caigut.

La mare diu que no, que de cap manera, que ja havien comptat que era una nit que ens dedicaven a nosaltres.

—Per cert! —diu canviant de tema—. Si has de treballar, més val que t'hi posis ara, perquè aquesta tarda vindran la tia Mercè i l'oncle Ramon amb les criatures i m'agradaria que estiguéssiu una mica pendents de la canalla; ells em volen consultar una cosa que té molt amoïnada la tia Mercè.

Arrufo el nas. La tia Mercè i l'oncle Ramon no es troben precisament entre els meus models de referència; més aviat em posen força nerviosa. En fi, m'enduré en Ramon a l'habitació i xerraré amb ell. Segur que m'ho passo bé; és un nano de cinc anys que fa riure molt.

I tant si he rigut, però no només això. També m'he endut una sorpresa majúscula: en Ramon m'ha proporcionat un testimoni impagable. El testimoni d'un nen de cinc anys que pateix assetjament escolar.

Testimoni 6

En Ramon odia l'escola, no la suporta, diu. Segons sembla, sempre s'ho havia passat molt bé a l'escola: a P3 i a P4, però, en arribar a P5... fiasco!

A P5 ha entrat un alumne nou que de seguida s'ha fet l'amo del galliner. Pel que es veu és simpàtic... almenys quan vol. A més, té una especial habilitat per fer el ruc sense que la mestra s'adoni que ha estat ell. I sempre aconsegueix que en castiguin un altre al seu lloc.

Quan pregunto a en Ramon si aquest fatxenda el molesta, em contesta que sí, que molt. D'entrada, cada matí el pinxo l'obliga a donar-li l'entrepà. És una mena d'impost revolucionari. Si vol sortir al pati, el bocata d'en Ramon ha d'anar a petar a les mans del seu maltractador.

La cosa no s'acaba aquí. De tant en tant, el maltractador es diverteix fent mal a en Ramon. S'ha inventat un joc que consisteix a apilar tots els neumàtics del pati i obligar en Ramon a ficar-s'hi dins. Després, ell i els seus sequaços els sacsegen. Els sequaços, sí, perquè uns quants nens i una nena del curs han optat per seguir aquest cabdill tan repugnant. I si ell diu: «fem-li mal a aquest», li'n fan.

En Ramon m'explica que té tanta por d'anar a l'escola que se li escapa el pipí molts dies. Algun dia, en Ramon fins i tot ha vomitat l'esmorzar, més que res perquè la mare s'adonés que no està en condicions d'anar a classe. Però no li ha servit de res, perquè el seu pare ha dit que a l'escola... I a l'escola falta gent!

Mentre em fa cinc cèntims de les seves experiències en matèria de terror escolar, tremola com un flam.

—¿No ho has explicat a ningú? —dic.

Em mira horroritzat.

—Si ho dic a algú, em cascarà. I al damunt, la mestra es pensarà que he començat jo.

—Home, Ramon, a mi bé que m'ho has dit.

—Oh! Ha estat perquè m'has demanat si hi havia algú a l'escola que em pegava...

És veritat: he disparat a cegues i he encertat un cas.

—Doncs ho hem d'explicar. Ja veuràs com aquest nen no et farà mal mai més .

Em mira amb desconfiança.

—Uf! Tu no el coneixes...

—Jo t'hi ajudaré!

I de debò que l'ajudo perquè, justament, el que té amoïnada la tia Mercè és que en Ramon, als cinc anys, es torni a fer pipí a sobre.

Al vespre em truca l'àvia per demanar-me si el cap de setmana vinent aniré a casa seva.

—Tinc alguna cosa per oferir-te per al teu diari blau.

—Vindré diumenge vinent, si et va bé.

Abans d'anar a dormir, em poso a l'ordinador. Veig que al messenger hi ha connectada l'Elisenda, i també l'Octàvia. L'Elisenda vol parlar amb mi i jo vull parlar amb l'Octàvia. Primer miro què vol l'Elisenda.

«Carlota» Hi!

«Elisenda» Fa hores que t'espero, nena!

«Carlota» Doncs no t'hauria costat gaire agafar el telèfon...

«Elisenda» I tant si m'hauria costat! No saps què és acostar-s'hi quan la meva mare ha dit que prou trucades i et vigila amb cara de buldog.

«Carlota» Me les conec les cares de gos. La meva mare també hi té molta habilitat... ¿I què volies?

«Elisenda» El resultat del segon problema de mates.

«Carlota» Un moment.

Ho comprovo al meu arxivador.

«Carlota» Tres-cents vint-i-cinc mil hectolitres.
«Elisenda» Oh, no! Res a veure amb el meu! ¿Em passes la resolució del problema, sisplau?
«Carlota» Te la passo, sí. Però crec que més aviat hauries de trobar la solució del teu problema: de mates, vas peix.
«Elisenda» Sí, ho sé. No m'agraden gaire, ja ho saps, però em són imprescindibles per estudiar arquitectura.
«Carlota» Doncs potser t'hauries de buscar algú que et fes classes particulars.
«Elisenda» Potser sí... Escolta, ¿no voldries pas ser tu?
«Carlota» Mmmm. No ho sé. Deixa'm que m'ho pensi.

Li escric la resolució del problema i tanco la conversa amb ella. Envio un missatge a l'Octàvia.

«Carlota» Hola Octàvia, ¿molt enfeinada?
«Octàvia» Molt, com sempre, però, com sempre també, tinc una estoneta per a tu. ;-)
«Carlota» :-P
«Octàvia» Justament t'estava escrivint un correu electrònic amb un altre test per al teu diari blau.
«Carlota» ¿Per què no fas un talla i enganxa i me'l poses aquí?
«Octàvia» Fet. Aquí va. Molts petons.
«Carlota» Petons.

Aquest és el test que m'envia l'Octàvia:

Test 4
Permet predir si tens possibilitats de convertir-te en una persona maltractadora en el futur:

1. ¿Parles malament d'algunes persones al seu darrere?
2. ¿Fas mirades o gestos despectius a algunes persones?
3. ¿Ets capaç de tractar algunes persones com si fossin invisibles o transparents?
4. ¿T'agrada difondre rumors sobre algunes persones?

5. ¿Jutges amb crueltat la feina d'algunes persones?
6. ¿Tergiverses el que diuen algunes persones?
7. ¿Parles de manera hostil, desagradable o grollera a algunes persones?
8. ¿Ridiculitzes l'aspecte físic d'algunes persones?
9. ¿Instigues la gent contra una víctima?
10. ¿Tractes algunes persones com si fossin malaltes mentals?
11. ¿Imites la manera de moure's, de caminar o els gestos d'algunes persones per deixar-les en ridícul?
12. ¿Et burles de les creences d'algunes persones?
13. ¿Et burles de l'origen d'algunes persones?
14. ¿Fas insinuacions sexuals?

Ostres! A la tele, a la ràdio i als diaris s'ho hauran de fer mirar. Aplicant aquest test a allò que diuen algunes de les persones que escriuen columnes o que participen en tertúlies o en programes de telebrossa, crec que ens sortiria un nombre bastant elevat d'assetjadors i assetjadores. Potser l'assetjament i el maltractament psicològic és l'esport nacional!

24 d'octubre

Avui en sortir de classe, ens permetem el luxe d'anar una estona al Quina-son-tan-dolça. De fet, els ho he demanat jo, perquè vull passar-los els tests de l'Octàvia. Som una bona colla: la Berta, l'Elisenda, en Marcel, la Mariona, en Carles, en Gabi, en Pau... Quan ja ens pensàvem que la Mireia no vindria, ens diu que ve.

—Doncs jo també —salta la seva ombra, que no sembla gaire feliç d'acompanyar-nos.

O sigui, que ens n'hi anem tots, en Cèsar inclòs.

Ens asseiem, demanem unes birres i, de seguida, trec les còpies dels tests que he imprès perquè puguin contestar-los.

En Cèsar se'ls mira amb cara de pomes agres.

—Amb mi no compteu per contestar xorrades.

—Au va, Cèsar, que no són xorrades —diu en Carles.

—Són tests que permeten adonar-te si tens possibilitats de

convertir-te en una persona maltractadora o maltractada —explico jo, amb el meu millor to conciliador.

—Va, fes-los amb nosaltres —li demana la Mireia, amb una veu infantil, que em fa ràbia.

—Deixa'm en pau, maca —diu en Cèsar amb un menyspreu notori.

Al·lucino mandonguilles. Primer, perquè no sabia que en Cèsar pogués parlar amb aquest to a la Mireia en una conversa entre companys; esclar que he de reconèixer que no he estat mai ni amb ells dos sols, ni amb ells dos amb altra gent... Com que sempre van per lliure... Segon, perquè la Mireia no reacciona; es queda sense dir res com si fos normal que el teu nòvio et parli així. ¿S'està tornant tarumba? ¿O és l'amor que l'ha grillat?

Passem d'en Cèsar, que fa cara d'empipat i mira cap a la porta, i ens posem a contestar els tests.

Les respostes dels tests ens surten més o menys per l'estil, amb lleugeres variacions.

—Ei! —diu la Berta a en Pau—. T'ho hauràs de fer mirar, ¿eh?, perquè t'encanta ridiculitzar l'aspecte físic d'algunes noies, sobretot si han estat nòvies teves.

—I també ets una mica despectiu amb les persones que no tenen tants calés com la teva família —diu la Mireia—. Vigila!

En Cèsar fa una ganyota i, estrafent la veu perquè li surti molt més aguda, com si volgués imitar la de la Mireia, diu:

—Ai, sí! Vigila, Pau.

La Mireia se'l mira només uns instants i calla. Els altres el contemplem ben sorpresos.

—T'estàs passant, Cèsar —diu en Carles—. Potser t'aniria bé contestar aquests tests i reflexionar-hi una mica, ¿no creus?

Fantàstic! En Carles m'ha tret de la boca el que jo estava pensant, però és millor que ho digui ell; no sé si la Mireia em perdonaria mai que li fes un placatge al seu nòvio.

L'ambient és molt tens. Noto la crispació al nostre voltant.

En Cèsar contraataca.

—No m'estic passant ni un pèl. La que es passa és la Mireia, que sabia perfectament que jo no volia venir amb vosaltres i...

—Doncs no haver vingut, xaval. No ens ratllis, va —li diu en Gabi.

Altre cop agraeixo mentalment la intervenció d'en Gabi, que m'estalvia d'indisposar-me amb la Mireia. Miro la Berta i l'Elisenda. Em fa la impressió que senten el mateix que jo.

Però en Cèsar no ha acabat. Torna a estrafer la veu imitant la Mireia:

—Pau, vigila. Nois això. Noies allò. Que llestos sou tots... I tu, més que els altres, ¿oi? —acaba, mirant-se la Mireia.

L'Elisenda, la Berta i jo intercanviem mirades. No tinc cap dubte que pensen el mateix que jo, i que, com jo, no gosen intervenir-hi.

Quin to que fa servir amb ella! Quin paio tan groller! Tan formalet i bon noi que semblava al començament: veu suau, to educat, somriure permanent... Resultava un paio estrany però amb força encant... almenys per a algunes. La prova és que a la Mireia la va deixar flipada. Però, darrerament, deixa veure la seva autèntica manera de ser.

Tots estem pendents de la discussió. No ens podem creure que la Mireia aguanti, impertorbable, el xàfec. En Cèsar continua, ara ja només dirigint-se a ella.

—No suporto les setciències —escup.

—Prou, sisplau —diu la Mireia amb una veu continguda i els ulls plens de llàgrimes—. No suporto que em parlis així davant dels meus amics.

Al·lucino en colors! ¿Vol dir que si no fóssim al davant sí que l'hi toleraria? Aquesta paia s'està sonant. O és que això de l'amor se li ha indigestat. ¿Al davant dels seus amics, no? ¿I, doncs, com la tracta quan estan sols?

En Cèsar no torna a obrir la boca. Amb molta parsimònia s'alça de la cadira i surt del Quina-son-tan-dolça.

Els altres ens hem quedat congelats, però encara ens commocionem més —ho noto per l'expressió de les cares—, quan la Mireia s'aixeca, s'acomiada i segueix en Cèsar.

Ens mirem, desolats.

La Berta ens diu adéu perquè se'n va a classe de piano i jo també desapareixo perquè tinc tant mal gust de boca que no em ve de gust parlar amb ningú. Em faig el propòsit de parlar amb la Mireia per mirar d'obrir-li els ulls. I si m'engega a pastar fang, ho sentiré per ella.

25 d'octubre

La Candela entra a l'aula i em pica l'ullet. Quan comença a parlar, entenc el seu gest.

—Avui dedicarem l'hora de tutoria a la violència escolar —diu.

Fantàstic, penso, disposada a prendre apunts a tota màquina.

—I ho farem perquè aquest cap de setmana el diari duia la notícia que ara us llegiré. I com que val més prevenir que curar, vull parlar-ne abans no en tinguem cap cas greu entre nosaltres.

El retall de diari que llegeix la Candela explica que una noia de setze anys d'origen magribí va rebre, a mans de cinc companys d'institut, una pallissa, la gravetat de la qual en va aconsellar el trasllat a un hospital. Pel que es veu, els companys l'havien assetjat violentament en ocasions anteriors sense arribar a l'agressió física.

—¿Per què creieu que l'assetjaven? —pregunta la Candela.

—Perquè era magribina —contesta en Narcís.

—O pel fet de ser una nena —dic jo—. Potser si hagués estat un nen magribí no li haurien dit res.

—O perquè no sabia parlar bé la nostra llengua.

—O perquè tenia menys calés...

—D'acord —diu la Candela—, tot això en relació amb la víctima. Però ¿i en relació amb els maltractadors? ¿Què els va dur a maltractar-la?

Durant uns instants no se sent res. Tot d'una la Mireia diu:

—Es creuen superiors pel fet de ser d'aquí, de tenir una altra cultura, de tenir més diners...

—Ben vist —diu la Candela—. ¿Alguna cosa més?

—Potser tenen més força que ella.

—Exactament —diu la Candela—. L'origen de l'assetjament escolar es troba en la suma d'aquests dos factors. D'una banda el poder i de l'altra, la discriminació.

Això és exactament el que li passa a en Gregor Samsa! Un paio, l'Aníbal Lecter, es creu superior a ell —s'atorga el poder—, perquè ell —l'Aníbal— respon als patrons de masculinitat «oficials», mentre que en Gregor, no.

A partir del que ha dit la Candela, preparo un altre document per al meu treball de recerca.

Diapositiva 11

Idees discriminatòries + poder d'alguna mena = abús de poder, és a dir, violència.

Idees discriminatòries

- Els blancs són millors que els negres.
- Els europeus són millors que els sud-americans.
- Els homes són millors que les dones.
- Els que creuen en Déu són millors que els ateus.
- No als grassos, als que tenen necessitats educatives especials, als que no tenen recursos econòmics.
- Etc.

Poder d'alguna mena

- Sóc més fort.
- Sóc el teu pare, la teva mare.
- Sóc el teu nòvio, el teu marit.
- Sóc el teu cap a la feina.
- Tinc armes.
- Tinc companys que m'ajuden.
- Sóc més conegut i valorat.
- Etc.

Abús de poder

- Violència escolar.
- Violència de gènere.
- Violència infantil.
- Violència laboral.
- Violència dels països rics contra els pobres.
- Etc.

La Candela deixa la notícia del diari sobre la seva taula i demana si algú s'atreveix a fer una definició d'assetjament escolar. Alço la mà i em llenço:

—És maltractar psicològicament o físicament un alumne o una alumna.

—Jo crec que t'equivoques —diu en Marcel.

—¿Per què? —li demano.

—Perquè, aleshores, si jo un dia m'empipo amb tu i et dic, posem per cas —i ara no t'enfadis, ¿eh?, que només és un exemple—: «foca asmàtica, vés a pastar fang», davant d'altres companys, podríem dir que estic practicant l'assetjament escolar. I jo no crec que això ho sigui.

Té raó, em dic. Perquè un dia un company t'insulti o et clavi una empenta, no pots considerar-ho assetjament escolar.

—Té raó en Marcel —diu la Candela—. Per poder-ho considerar violència escolar cal que es produeixi repetidament al llarg del temps.

—O sigui, si sempre et refereixes a mi com a «foca asmàtica» o «cul-de-gran-superfície» i sovint et rius de mi davant dels companys, evidentment estàs practicant la violència escolar.

—Ah! —salta en Pau— ¿i si ella li ha dit primer «nan raquític»?

Tothom parla alhora.

—Si t'insulten, tens dret a defensar-te amb un insult, ¿no? —diu l'Elisenda.

—I si et peguen, tens dret a clavar un mastegot a l'altre —diu en Pau.

—Silenci! —crida la Candela—. Anem a pams: en primer lloc, contestar amb una agressió mai no és la solució, però, en tot cas, una situació d'aquesta mena no es pot considerar abús de poder sinó una baralla entre iguals. Perquè hi hagi abús de poder i, per tant, violència escolar, s'ha de donar el fet que els atacs es produeixin de manera deliberada i sovintejada per part dels abusadors i que la víctima es trobi indefensa, és a dir, no se'n pugui sortir sense ajuda.

—O sigui —dic—, en la violència escolar, l'atacant pot ser un o poden ser uns quants.

—Sí —diu la Candela—. El grup té molta importància en les

qüestions d'abús de poder. Imaginem que hi ha un pinxo a la classe i comença a fer-li la llesca a algú. És possible que alguns nois i noies no us n'adoneu, però el més probable és que molts en sigueu conscients, però actueu per protegir-vos vosaltres mateixos. Pot ser que us sumeu a la violència que practica el pinxo, perquè estar del seu bàndol suposa no tenir el risc de ser triat com a objecte dels atacs. O bé, que decidiu mirar cap a un altre costat cada cop que el pinxo i els seus sequaços ataquen la víctima.

—Que covards!

—I tant que sí! I per culpa de la covardia dels que miren cap a una altra banda, el pinxo es va fent cada cop més fort i la víctima cada cop més dèbil; com més temps passa, més acorralada se sent.

—Ei! Això és el que van fer els nazis —crida la Berta.

—Tens raó —admet la Candela—. Hitler, un paio amb idees delirants sobre una raça superior —la d'ell—, comença a llançar invectives contra els que no són d'aquella raça —els jueus, els gitanos... La ciutadania —el grup—, en comptes de parar-li els peus, li segueix el joc i l'enfila al poder. I ja tenim l'holocaust organitzat.

—Així, el grup n'és gairebé tan responsable com el paio que practica l'agressió —dic jo, pensant en els companys i les companyes d'en Gregor.

—Ei! —diu la Mariona—. Però ¿què hi pots fer? Si denuncies la situació, ets una traïdora, una acuseta.

Tinc ganes de saber què respondrà la Candela. Vull saber si m'equivoco o no quan dic a en Gregor que denunciï el seu maltractador. De seguida em treu de dubtes.

—T'equivoques —protesta la Candela amb energia—. Denunciar una situació d'abús de poder, de violència escolar, no té res de poc honorable. A l'inrevés: és una actitud que et fa ser més persona, perquè ajudes una víctima indefensa i poses a la picota un maltractador.

La Candela ens mira a tots i a totes molt seriosament.

—Això ha de quedar molt clar: la víctima o el grup tenen l'obligació de denunciar l'abús. En cap cas no es pot considerar que són traïdors; ben al contrari, tenen un comportament valent i humanitari. Heu de tenir en compte que si la violència queda impune, és a dir, no es castiga, tendeix a incrementar.

—¿I a qui ho pots dir? —pregunta la Mireia.

La miro. Em demano si està pensant en ella mateixa.

—Ho dius a algú a qui tinguis molta confiança. Algú que sàpigues que t'escoltarà, et creurà i t'ajudarà. Per exemple, la mare, un amic, una amiga, una professora o un professor.

Jo sóc una amiga de confiança de la Mireia, però no sembla que em vulgui dir res.

—Sí... —protesta l'Elisenda—. Hi ha professors que miren cap a una altra banda per no veure què passa.

La Candela mou el cap.

—Això que dius és realment terrible, però espero que, de mica en mica, aquests professors i professores impermeables al problema en prenguin consciència i hi facin front. De fet, la societat, el professorat inclòs, té un repte davant de la violència escolar: salvar la vida dels que la pateixen i humanitzar els que la practiquen. I, si no ho aconseguim, el futur pot ser molt negre. Primer, perquè els actuals assetjadors escolars seran els futurs assetjadors laborals o els maltractadors de la seva parella. I segon, perquè podem acabar com als Estats Units: amb matances múltiples als centres d'ensenyament.

—Alça! Com et passes...

—Ni una mica així no em passo. Pel que es veu, el 71% dels assassinats comesos entre 1974 i 2000 als instituts de batxillerat americans van ser protagonitzats per nois que havien patit violència escolar durant els sis mesos anteriors.

Ostres! Espero que en Gregor no es torni un assassí en sèrie!

—Esclar que d'altres opten per eliminar-se ells mateixos, solució menys cruenta per als companys i companyes, però amb un resultat pèssim per a la víctima.

Torno a pensar en l'escarabat. Recordo el seu humor negre, la seva ironia... ¿O hauria de dir el seu sarcasme, el seu cinisme? Espero que no li agafi per liquidar-se! No m'ho perdonaria. He de trobar la manera d'ajudar-lo. Però ¿com?

—De tota manera —continua la Candela—, no oblideu que alguns professors també pateixen assetjament per culpa d'alguns alumnes.

Tots i totes callem, sentint-nos culpables. Segur que estem pensant en Mister Moony, el professor nou d'anglès. El tenim crucificat; ni tan sols li deixem obrir la boca. L'aula és un batibull i el pobre paio sua la cansalada intentant mantenir-nos ni que sigui quiets als nostres llocs. Ja no aspira que l'escoltem i molt menys que aprenguem alguna cosa...

Em sento avergonyida. Miro al meu voltant i veig expressions que sintonitzen amb les meves pròpies emocions. Tinc la sensació que, el pròxim dia de classe, en Moony es trobarà amb un alumnat inesperadament cortès i atent. Prendre-li el pèl és senzillíssim perquè ell és de fora i desconeix molts dels nostres costums i, al damunt, nosaltres som vint-i-tants i ell, només un. Amb tot, no tinc ni la més mínima intenció de convertir-me en una assetjadora de ningú. Això sí que ho veig cla-rís-sim!

—Ara —diu la Candela—, vull que cadascú faci una llista d'un mínim de tres agressions que poden ser violència escolar. Un cop l'hagueu fet, la discutirem.

Jo escric una llista que és un nou informe per al meu diari blau.

Informe 5

Agressions que són violència escolar:

—Posar-me d'acord amb les meves amigues perquè cada vegada que X ens parli fem veure que no la sentim.

—Fer-li comentaris com: «t'està de conya aquest pantaló... permet observar-te bé tots els pernils».

—Escampar un rumor fals: X està colada per Y.

—Burlar-nos d'X sempre que ha de respondre preguntes del professorat procurant destruir-li la confiança en ella mateixa.

—Clavar-li empentes.

—Per acabar —diu la Candela—, vull que intenteu imaginar que sou víctimes de violència escolar i que em digueu com creieu que us sentiríeu uns mesos més tard.

—Trista, feta una merda —diu l'Elisenda—. És més, segur que no tindria ganes d'anar a classe. Em quedaria a casa.

—¿Ah, sí? ¿Com t'ho faries per convèncer la teva mare perquè et deixés saltar-te les classes?

—Diria que no em trobo bé —diu l'Elisenda—. Potser no em trobaria bé de veritat.

—Jo no em podria concentrar i, per tant, no podria estudiar. O sigui, per culpa de la violència escolar acabaria traient males notes.

—Doncs jo em sentiria com un cuc —diu en Marcel.

—Ei, sí! —afegeix en Gabi, probablement per la seva experiència en qüestions de violència escolar—. Jo acabaria dubtant de mi mateix. Tal vegada pensaria: «si aquest diu que sóc una merda, potser és que ho sóc».

—Acostuma a passar —diu la Candela—. Resumint: tindríeu l'autoestima baixíssima, us sentiríeu sols, tindríeu ansietat i estaríeu deprimits. Sentiríeu alhora ràbia i por. ¿No creieu que aquestes sensacions físiques i psíquiques, sumades a les violències del vostre assetjador, us haurien de portar a denunciar-lo?

Hi estem d'acord. Cal denunciar els assetjadors i cal protegir les víctimes.

—I molt important! —diu la Candela—. Les víctimes també han de desenvolupar les seves habilitats socials per no patir violència escolar.

—¿Com què? —pregunta la Mariona.

—Per exemple, han d'aprendre a allunyar-se quan una situació no els convé. A dir no, quan no volen una cosa. A denunciar. A reconèixer les seves pròpies emocions per saber amb qui estan bé i amb qui no. A no fer-se responsables del que estan vivint i, per tant, a treure's el sentiment de culpa del damunt.

Penso en la Mireia. Potser no escolta prou les seves emocions i no s'adona que, amb en Cèsar, pateix més que no es pensa.

—I alerta pel que fa al consentiment del grup —afegeix la Candela—. La violència pot encomanar-se. Sovint comença un, i els altres s'hi apunten per contagi. O perquè, quan les coses es fan en grup, abaixen les barreres que les persones tenim per comportar-nos correctament. I encara perquè, fent una cosa en grup, sembla que la responsabilitat individual es difumina entre tots. La responsabilitat, però, continua sent de cadascun i cadascuna de nosaltres.

Un cop més, veig que té raó: per exemple, quan fem la vida impossible a en Moony, com que ho fem en grup, no me'n considero autora. És com si jo no fos del tot jo, sinó que formés part d'un tot. Ara m'adono que és la manera de poder agredir sense sentir-te culpable. Glups! Em sento avergonyida.

—Vull insistir en el fet que no n'hi ha prou de no cometre accions violentes sinó que, a més, tampoc no s'han de consentir.

Fa una pausa efectista després d'aquest missatge. Suposo que vol que totes i tots ens el fiquem ben endins al cap. Després continua:

—I pel que fa a qui practica l'agressió, ja ho sabeu: li falta empatia i, a més, considera que la culpable és la víctima. La seva manera de raonar és molt primitiva i individualista. No sap resoldre els conflictes més que a base d'agressions; sovint ho ha après a casa seva. Perquè potser és la manera com es resolen les situacions difícils a la seva família. D'altra banda, els pares de l'agressor solen ser permissius amb les seves conductes violentes.

—Ei! —diu en Pau—. Tal vegada és agressiu amb els altres perquè, posem per cas, el seu pare ha estat agressiu amb ell o amb la seva mare.

—És possible, però en qualsevol cas el tracte rebut no justifica que pugui fer el mateix a un altre.

—A mi em sembla que un paio així no pot ser gaire feliç —dic jo.

—Francament, no ho és —explica la Candela—. Però pot arribar a ser-ho si aprèn a relacionar-se d'una altra manera amb les persones.

—O sigui, que potser es necessitaria una assignatura que ensenyés a la gent de relacionar-se sense recórrer a la violència.

—També podria ensenyar de mirar el món amb una mirada més plural; així potser evitaríem les discriminacions —dic jo.

—Això —riu l'Elisenda—. I el primer dia de classe ens donarien unes ulleres liles.

—És una bona idea —aplaudeix la Candela. I afegeix—: Per últim, insisteixo en el fet que si algú té un problema d'aquesta mena, l'ha de denunciar. N'ha de parlar amb algú de la seva confiança. I si no té ningú amb qui parlar-ne, pot recórrer a aquesta web, on ofereixen ajuda.

I apunta a la pissarra aquesta adreça: http://www.acosoescolar.info/

A la nit a casa, llegint una entrevista que fan a l'escriptor Irvine Welsh, autor de la novel·la *Trainspotting*, m'aturo davant d'una de les seves respostes; parla dels homes, els barons, i diu: «Si els agafes d'un en un, poden ser encantadors, però en grup són uns salvatges. El grup et permet trencar les normes i fer coses que sol no faries».

Ai!, el grup, penso. I escric una nova regla d'or (sense permís de l'Octàvia).

REGLA D'OR 3 DE LES RELACIONS

Cal anar amb compte amb els amics o les amigues que tries: n'hi ha que et poden arrossegar a fer allò que tu no faries mai.

L'acabo d'escriure i em sembla que alguna vegada l'hi he sentit dir a alguna àvia o a algun avi... però no sé a qui.

26 d'octubre

L'Elisenda i la Mireia se m'acosten, cadascuna per una banda. L'Elisenda sembla més feliç que de costum. A la Mireia, en canvi, la veig trista. De fet, ja fa dies que sembla haver perdut la seva alegria habitual.

—Gràcies pel teu oferiment, però no cal que em facis classes particulars de mates —em diu l'Elisenda.

—¿I doncs? —demano.

—He trobat un professor de primera —em pica l'ullet—. Un veí meu, que estudia primer de telecos.

—Veig que hi has sortit guanyant amb el canvi.

L'Elisenda s'allunya rient, després d'un comentari que dóna per fet que la Mireia i jo avui dinarem juntes.

—¿Vas a casa? —em pregunta.

Li dic que sí, que estaré sola, que el dinar ja està fet i que el podem compartir si vol.

La Mireia somriu.

—És el que et volia demanar.

Miro al nostre voltant esperant veure l'ombra que segueix la Mireia, o sigui, el paparra d'en Cèsar.

—No ha vingut —em diu.

Respiro tranquil·la. Em sembla que ella també. ¿O potser són imaginacions meves?

A casa, davant d'un plat de coliflor amb beixamel gratinada i unes bruixes arrebossades, amb mal humor evident, m'explica el que li ha passat amb en Cèsar.

—Estic molt empipada amb ell. Però molt, ¿eh? —em diu, mentre empolvora la beixamel amb més formatge ratllat.

Jo no dic res. Em limito a mirar-la amb afecte perquè es decideixi a amollar la baralla amb l'imbècil. M'imagino que està relacionada amb l'escena que el paio li va muntar al Quina-son-tan-dolça, però m'equivoco. Això ja és aigua passada. Hi ha hagut esdeveniments nous.

—Resulta que el paio m'ha demanat que qui és el de la foto de l'agenda.

¿La foto? ¿L'agenda? No sé de què parla. Dec fer cara d'estar a l'escapça perquè em diu, amb una certa impaciència:

—Sí, dona. A la meva agenda, hi porto una foto que els de la colla ens van fer l'any passat a mi i a en Pere. ¿Te'n recordes, d'en Pere?

I tant si me'n recordo. Un noi que passa les vacances d'estiu al mateix poble que ella. Un noi tres anys més gran. Un paio que li tenia robat el cor fins que, com qui diu, es va trobar follant amb ell sense voler-ho del tot. Des d'aleshores, la seva admiració per en Pere ha baixat uns quants enters. ¿I ara resulta que duu una foto seva al damunt?

—La foto la vaig guardar per diverses raons. La primera perquè, tot i com va acabar la història, penso que no tot va ser culpa d'ell. Jo també hauria d'haver estat capaç de dir no, i no en vaig saber.

Aquesta frase d'ella em dispara les neurones. Poso en la memòria tot el que em ve al cap per escriure, més tard, unes notes. I les notes són aquestes:

Notes per al treball de recerca 4

¿Pot ser que les noies i les dones estiguem entrenades per respondre que sí, per complaure els altres, per satisfer els desitjos aliens i que, per això, siguem poc capaces de dir no?

Tal vegada les nenes bones, obedients, amb maneres agradables i, en definitiva, submises, són un producte més de la societat patriarcal, educades per complaure sempre els altres i mai no tenir en compte les pròpies necessitats.

Potser ens cal aprendre a no ser tan bones nenes, ¿oi?

—A més —continua la Mireia—, és una foto bonica i no la volia perdre. I sobretot...

Aquí la Mireia fa una ganyota reclamant la meva complicitat i afegeix:

—A més, hi surto amb els cabells tallats exactament a la mida i amb la forma que més m'agrada, de manera que em serveix de model per a la perruquera.

—Bé, bé, ja ho he entès. I a més, en qualsevol cas, tens dret a portar al damunt les fotos que et peti.

—Això penso jo. Però resulta que en Cèsar me l'ha trobada i ha volgut saber qui era el paio. Li he dit que només un amic, però l'explicació no l'ha convençut. M'ha tirat en cara que la dugués al damunt i m'ha dit que, en una parella, el més important és la fidelitat i que no vol que porti a l'agenda ni tan sols la foto d'un amic.

Me la quedo mirant. Està molesta, és veritat. Considera legítim dur la foto d'en Pere.

—No vull treure la foto de l'agenda.

—Doncs no ho facis. Hi tens tot el dret.

—El problema és si em torna a mirar l'agenda.

Al·lucino.

—Però ¿a tu no et sembla un atemptat contra la teva intimitat que un paio, ni que sigui un amic o el nòvio, et remeni l'agenda?

De sobte sembla com si la Mireia s'adonés de tot.

—Ostres! Tens raó. Estava tan amoïnada amb la seva reacció que no hi havia pensat. No està gens bé remenar les coses privades d'algú.

—Està fatal! —li dic, amb veu irada—. ¿No veus que envair la intimitat d'un altre és un delicte? O sigui, que en Cèsar fa unes quantes coses de caure de cul a terra: mirar-te l'agenda, emprenyar-se quan troba la foto d'en Pere i exigir-te que no la duguis al damunt.

La Mireia assenteix amb el cap. Em fa la impressió que està metabolitzant tot el que li dic i que m'està donant la raó. Ara és el moment!

—Mireia —dic amb una veu que a mi mateixa em sorprèn pel to seriós—. Crec que ets una dona maltractada.

La Mireia alça el cap, molt sorpresa.

—Apa! Com et passes, Carlota! Total, en Cèsar només és... és un noi educat d'una manera una mica carca... Estic segura que jo el canviaré.

—Un rave! Aquests comportaments no es canvien. Et trinxarà sempre que pugui. I, per cert, la discussió ¿com va acabar?

—Uf! —sospira la Mireia—. Va acabar amb una gran baralla. Ara no ens parlem. Jo no tinc gaires ganes de fer les paus. Em va insultar.

—¿Et va insultar, al damunt?

—Sí. I no et diré tot el que em va dir perquè em fa vergonya.

Passo de sentir els insults; no farien més que exacerbar la meva ràbia cap a en Cèsar.

—¿Saps què? Crec que ara és el moment que l'engeguis a fer punyetes.

La Mireia acota el cap i fa que no.

—No puc, de debò. Em necessita.

—¿Et necessita per què? ¿Per fer-te la vida impossible?

—Em necessita perquè m'estima.

—No m'ho crec. Si t'estimés de debò, no et tractaria com ho fa. Es preocuparia perquè poguessis fer les coses que t'agraden: jugar a bàsquet, parlar amb les teves amigues, dur la foto d'en Pere al damunt...

—No. Tu no ho entens. Ell... ell diu que sense mi no sabria viure, que em necessita, que sóc el seu gran amor...

—I tu t'ho creus...

—Sí, m'ho crec —aquí la Mireia s'atura. Sembla que s'ho repensa i afegeix—. Bé, almenys algunes vegades sí i d'altres no. El que és clar és que no ha tingut sort amb les noies, i jo no vull ser una més; no li vull fallar.

—Ai! La mare Teresa de Calcuta! —deixo anar amb ironia.

—Em sento molt malament, molt culpable si penso que la relació es pot trencar per culpa meva.

—Per culpa teva, no! Per culpa d'ell, que és un maltractador —responc amb ràbia. I penso en més notes que vull escriure més tard. Són aquestes:

Notes per al treball de recerca 5

¿Pot ser que a les noies i les dones ens hagin ensenyat que som les responsables del bon funcionament de la parella?

Crec que al llarg dels segles la societat, les religions ens han omplert el cap amb la idea que les dones som el pal de paller de la parella i la família. En el matrimoni, les dones han de ser dòcils i aguantar, se'ls ha dit sempre. I d'altra banda, quan ja no poden més, se'ls diu que han de continuar aguantant, almenys per les criatures.

Conclusió: si alguna cosa no va bé o si la relació es trenca, la «culpa» és de la dona.

I, esclar, per evitar la culpa, per respondre al model que la societat imposa, segur que moltes dones tiren endavant relacions que no van ni amb rodes i aguanten paios que les maltracten psicològicament o físicament.

Uf! Potser més que celebrar les noces de plata o les noces d'or, el que s'hauria de celebrar és cada any que una parella o una família passa en bona salut.

—Carlota, ja t'he dit abans que exageres. En Cèsar no és un maltractador.

—Potser no, però almenys confessa que amb ell no ets feliç.

La Mireia reflexiona.

—Ho sóc a estones —diu amb sinceritat.

—Doncs, vés amb compte que cada cop les estones no siguin més petites —li recomano—. I, de tota manera, a mi em sembla que, amb la teva parella, el sentiment de felicitat hauria de ser més permanent. I, si no, és que potser et convé trencar la relació.

—Jo no ho faré. No em vull sentir culpable.

Tornem a classe: jo encara més convençuda que en Cèsar és un paio masclista que té molts comportaments de violència de gènere; la Mireia, potser amb el cuc del dubte dins del cap.

Al vespre, la mare m'espera amb una informació per al meu diari blau:

—Estadístiques —diu, mentre mou uns papers sota el meu nas—. Avui te les he portades sobre violència escolar, perquè puguis completar el tema que vau tocar ahir a l'escola.

—Ets un sol, mare!

—A canvi...

Oh, no!, penso. A veure si ara em demanarà que ompli el rentaplats cada vespre durant una setmana!

—... m'agradaria tenir la nit lliure.

—Per anar-te'n amb en Fernando, ¿eh?

La mare riu. Em posa un dit a la punta del nas i me'l prem amb amabilitat.

—Doncs, sí. Tinc ganes d'una vetllada sols, ell i jo.

—Concedit —li contesto.

—¿Concedit, què? —demana en Marc, que entra a la sala.

—Que se'n vagi de gresca amb el seu titi.

—I vosaltres sopareu sense fer animalades i, després, no us ficareu al llit tardíssim —afegeix la mare.

—D'acord, però amb la condició que aviat ens tornis a portar en Fernando a sopar a casa.

—Fet! —diu la mare. I desapareix darrere la porta del bany. Vint minuts després, quan en Marc i jo estem conspirant per fernos portar una pizza tan bon punt ella desaparegui, la veiem sortir del bany feta un pinzell.

—Fiu, fiu —xiula en Marc—. Estàs guapa, guapa.

—I tant! En Fernando es fondrà.

—Apa, reina, no siguis ximple —diu la mare, visiblement satisfeta. Ens fa un petó i desapareix deixant un rastre olfactiu d'un perfum fresc.

Estadístiques i dades 1

A l'Estat espanyol:

Entre un 25 i un 30% d'escolars estan implicats —com a víctimes, assetjadors o sequaços— en casos extrems, és a dir, gens de violència escolar.

Un 14% d'escolars es reconeixen com a agressors. Un 9% es

reconeixen com a víctimes, dels quals el 2,5% són víctimes d'alguna forma de violència extrema.

El 85% d'escolars reconeix que hi ha violència als centres. Tres de cada quatre estudiants reconeixen haver-ne estat testimonis.

Els nois solen ser agressors amb força més freqüència que les noies. Les noies solen ser víctimes amb força més freqüència que els nois.

Als Estats Units, el 48% d'escolars d'entre nou i catorze anys ha patit o pateix violència escolar. D'aquests, un 30% pateix o ha patit assetjament psicològic i un 18% assetjament físic, inclòs un 2,5% que pateix agressions sexuals.

Es calcula que a Anglaterra cada any se suïciden 16 adolescents víctimes de la violència escolar.

Un cop acabo les estadístiques, entro al correu electrònic. Tinc un missatge de l'Octàvia, que m'envia una nova regla d'or. La llegeixo i la reenvio a la Mireia. Potser la farà pensar. Al messenger no hi ha ningú connectat. Me'n vaig a dormir.

REGLA D'OR 4 DE LES RELACIONS
No et refiïs de cap persona que et faci sentir culpable.

27 d'octubre

A l'hora de pati en Narcís em crida.

L'Elisenda i la Berta em miren verdes d'enveja.

—Quina xurra, nena! —diu la Berta—. El bombonet de la classe et vol parlar.

—Ai, ves! Què deu tenir ella que no tinguem les altres —diu l'Elisenda fent veu de ximple.

—Ja us faré saber si em convida al ball de palau —continuo jo la gresca. He de confessar que, tot i les vacances sentimentals que jo mateixa m'he decretat, el paio em sembla més que bé. No sé si aquestes pessigolles a l'estómac indiquen que hauré de donar per acabat el meu període de descans amorós. Hi hauré de pensar.

En Narcís, però, no em parla d'amors sinó de violència escolar. Té un testimoni per al meu diari blau.

Testimoni 7

M'explica que l'estiu passat va ser la primera vegada a la seva vida que va anar de campament. Diu, la primera i l'última. Segons sembla, els companys i les companyes veterans els van jugar una mala passada, als dos nous: ell i una noia. Els van fer pagar la patenta: els van omplir el sac de dormir de mel i, quan ell i ella, els dos passerells, se'n van anar a dormir, es van quedar enllardats i, el que és pitjor, aviat van atreure un munt d'insectes. Tot i l'hora tardana, no van tenir més remei que anar al riu a rentar-se mentre els companys els cantaven una cançó humiliant, reservada als incauts que queien en la trampa.

És clar que això també és pinxisme. I a més, pinxisme tolerat. Els monitors van riure tant com els joves i les joves.

Després tenim classe de socials amb la Luci. A mi, la Luci m'encanta. L'any passat va ser la nostra tutora. Avui, però, la classe que toca no m'agrada: tenim control i no me l'he preparat bé. La veritat, em fa ràbia pensar que no trauré bona nota.

—Luci! ¿No pots deixar el control per a la setmana vinent? —demana en Marcel.

En Marcel és bon nano i s'ho curra tot molt, potser aconseguirà estovar el cor de la Luci. Decideixo fer-li costat. Jo també sóc de les que estudia. Tal vegada, si som dos, la Luci dirà que d'acord.

—Oh, sí, Luci, sisplau! —dic amb veu melosa—. No hem pogut repassar gens. Teníem la setmana plena de controls.

Tota la classe se suma als nostres precs. Hi ha un cert batibull.

—Silenci! —crida tot d'una la Luci—. Molt bé. Deixarem el control per a dilluns. I no vull sentir cap queixa pel fet que és un dia entre festius. ¿Queda clar?

Claríssim!, fem tots amb el cap.

—Molt bé. Doncs, avui, aprofitarem per fer una classe fora de temari. Com que la meva matèria són les ciències socials i com que la història és farcida de conflictes bèl·lics, avui farem un debat sobre la resolució de conflictes sense emprar la força física ni les armes. A veure, vull un parell de voluntaris que tinguin un enfrontament. No cal que en sigui un de vida o mort; amb ben poqueta cosa en tenim prou per treballar.

Ens mirem sense entendre què vol.

—Au, va! Dues persones que ara mateix tinguin alguna confrontació per resoldre.

En Marc i en Pau s'estan mirant. En Marc li clava un cop de colze a en Pau. En Pau tira l'ase. La Luci els anima:

—¿Què? ¿Vosaltres?

En Marc diu que sí. I en Pau accepta, a desgrat.

La Luci els crida:

—Veniu aquí al davant.

En Marc i en Pau s'alcen i van cap al davant de l'aula.

—I doncs, ¿què us passa?

—Aquest, que li he deixat els meus apunts de llengua i me'ls ha tornat fets un nyap —diu en Marc.

—¿I tu què hi dius? —pregunta la Luci a en Pau.

—Que val, que potser sí que estaven un pèl guarrindongos, quan els hi vaig tornar, però em va muntar un sidral fora de mida. A aquest li encanta queixar-se. Si no plora, no està content.

—O sigui que em queixo perquè sí, ¿oi? —diu en Marc, picat.

Me'ls miro. Jo, i molts de la classe, sabem que en Marc té raó. Però sembla que en Pau no ho vol admetre.

—Mira, Pau —diu la Luci—. Per resoldre bé un conflicte has de començar per adonar-te que és real. Si fas veure que no existeix, mai no hi trobaràs remei. L'altre diu que n'hi ha un. Tu dius que l'altre se l'inventa i que, per tant, no té res a veure amb tu. I el conflicte no es resol.

L'Elisenda alça la mà.

—Digues, Elisenda.

—Jo sé una altra manera de no resoldre mai els conflictes: dir sempre que la culpa és de l'altre. Això és el que fa el meu germà amb tothom. I sempre que hi ha un problema acaba per fer-te'n responsable.

—Tens raó, Elisenda. ¿Què caldria, doncs, per resoldre un

conflicte com el que tenen en Pau i en Marc? O per ser més exactes: per resoldre qualsevol conflicte.

Tothom calla. No en tenim ni idea.

—Primer de tot cal saber quin és el conflicte i per què s'ha originat.

—El conflicte és que en Marc ha deixat a en Pau un material molt important: els apunts de classe, i en Pau no n'ha tingut cura.

—I els apunts són il·legibles, ara —mormola en Marc.

—Com et passes —diu en Pau—. Es poden llegir, però estan una mica bruts.

La Lídia demana els apunts per tenir una idea exacta de l'estat en què estan.

Examinat el material, es veu que tots dos tenen raó. Primer, els apunts sembla que s'hagin arrossegat per un bassal de coca-cola i un tros de pizza amb formatge. Dos, la lletra encara es pot llegir.

—Quines solucions hi podem trobar.

—Que en Marc no sigui tan perepunyetes —diu un.

—Mira, posats a fer —diu l'Elisenda—, que en Marc no torni a deixar mai més els seus apunts.

—Ei! No! Això no! —criden uns quants, que estan molt acostumats a demanar-los-hi.

—Aleshores, ¿com adobem el conflicte? —pregunta la Luci—. Perquè, s'ha de reconèixer, els apunts fan fàstic, ¿oi, Pau?

En Pau ho admet de mala gana. En Marc sembla molt satisfet.

La Luci demana:

—¿Alguna proposta?

—Sí —diu en Narcís—. En Pau hauria de demanar disculpes a en Marc.

—Efectivament —diu la Luci—. Hauria de fer-ho.

En Pau s'acosta a en Marc i li diu que el perdoni, que li sap greu haver deixar els apunts com una coca.

En Marc somriu, però encara protesta:

—D'acord, almenys ja és alguna cosa. Però ¿els meus apunts s'han de quedar així?

Tots ens mirem sense saber què dir.

—Farem una cosa —diu la Luci—: Enviarem en Marc i en Pau

a reunir-se amb un company i una companya de segon B que van fer un curs de mediadors...

—¿Què són o què fan els mediadors? —pregunta l'Elisenda.

—Els mediadors són aquelles persones que ajuden a resoldre els conflictes de manera pacífica. Actuen entre dues parts que estan enfrontades per una qüestió i els ajuden a trobar-hi una solució. És molt important que les persones que fan la mediació no tinguin una situació de poder respecte a qui té el conflicte; per això crec que és millor que aneu a veure uns companys vostres que han après aquesta tècnica, i no pas que jo intenti fer de mediadora.

En Pau i en Marc es miren i diuen que hi estan d'acord. Semblen prou satisfets d'haver trobat un punt comú per desfer l'embolic.

—Doncs, com aquest, tots els conflictes es poden resoldre per la via pacífica.

29 d'octubre

Avui a casa del pare, aprofitant que tothom encara dorm, monopolitzo l'ordinador. Entro al blog d'en Gregor Samsa. Em trobo que, per comptes de blog, avui hi ha fotoblog de l'escarabat miserable.

Gregor Samsa 5

Fotoblog Blog: Memòries d'un escarabat miserable

Aquest sóc jo, Spiderwoman. Jo i els cops de l'Aníbal ben gravats a la meva pell. ¿Què et semblo? Sense cops no sóc res de l'altre món, però amb totes aquestes patacades estic perquè arrenquis a córrer, ¿oi? L'antifaç me l'he posat perquè ningú no em pugui reconèixer. Ja ho saps: vull mantenir l'anonimat... més que res perquè no goso sortir de l'armari.

¿Denunciar-ho, dius? ¿I convertir-me en un esquirol dels meus companys? Només em faltaria això per caure simpàtic a la gent del meu curs... Perquè t'he de dir que l'Aníbal Lecter és el capitost i el que de debò em martiritza, però n'hi ha uns quants que s'hi apunten de bon grat. La resta de companys, i sobretot de companyes, no segueixen les ordres de l'Aníbal però tampoc no surten a defensar-me. ¿Creus que no els comprenc? I tant! S'escagarrinen només de pensar que l'Aníbal canviés de víctima i, en comptes de perseguir-me a mi, fes la llesca al meu salvador o salvadora. Tothom mira per a ell mateix, ¿saps? I per això tothom fa veure que no s'adona de res.

Insisteixo: no puc convertir-me en acuseta. Però, quan sigui gran, faré una pel·lícula de denúncia (no sé si t'adones que estic assegut en una cadira de director de cinema), tipus les de l'Almodóvar i em forraré a metàfores sobre la meva adolescència i el bèstia de l'Aníbal Lecter.

Això suposant que arribi a gran, que, de vegades, em fallen les forces. ¿Saps quines van ser les paraules d'en Jokin, el noi basc que es va suïcidar? Van ser aquestes: «Adéu, reina meva, ja no hi pinto res aquí. La meva vida és una ruleta que gira i perd el control. Caldrà morir-se per saber. Quan me'n vagi, no m'oblidaré de tu, reina meva. Em llençaré daltabaix de la muralla per veure què passa després de la mort...». De vegades, jo també em pregunto què deu haver-hi després de la mort. Suposo que el descans. Esclar que ¿i si l'eternitat fos un maltractament constant?

De tota manera, no pateixis: ara com ara, no entra en els meus plans donar aquest gust al cretí de l'Aníbal.

Li deixo un comentari:

Doncs, si no entra en els teus plans, ni tan sols ho esmentis. Més val que miris endavant i comencis a pensar en les pel·lícules d'humor àcid que faràs ridiculitzant tots els Aníbals Lecter d'aquest món. Les necessitem, segur. I, a més, ja m'imagino que m'ho passaré pipa amb les teves imatges i els teus diàlegs. I pensaré: ostres, aquest paio i jo vam estar relacionats per mitjà d'un blog. Em sentiré una de les persones més importants d'Europa. Una VIP total.

I t'equivoques: denunciar aquest pervers del Lecter no té res a veure amb ser acuseta. A l'inrevés: es necessita valor i veure les coses clares per denunciar un maltractador. No oblidis que el maltractador té el poder (que la nostra cultura li ha atorgat) i, per tant, es fa difícil anar-hi en contra.

Ho ha dit spiderwoman el 29 d'octubre a les 10:02.

Acabo d'escriure el missatge però no estic tranquil·la del tot. Espero que les idees suïcides d'en Gregor només hagin estat això: pures especulacions...

A la nit, me'n vaig a casa de l'àvia tal com li havia promès. M'obre la porta en Pep, l'amic molt amic de l'àvia.

—Hola Carlota! —em fa un parell de petons—. Feia molt de temps que no et veia.

—Mmm. Estic molt enfeinada.

—Ja m'ha dit l'àvia que estàs escrivint el diari blau, sobre violència.

Entrem a la sala. L'àvia em ve a rebre.

—Hola, bonica. Suposo que voldràs sopar a més de parlar, ¿oi?

Em poso a riure i li dic que sí.

La taula ja està parada. Hi ha croquetes, truita de carbassó i una amanida de tomàquet, mozzarella i alfàbrega. Ens asseiem.

—¿I doncs? —li demano—. ¿Què em volies explicar?

—Volia parlar-te de les trampes del llenguatge.

—¿Trampes?

—Doncs sí. Sovint el llenguatge és un bon indicador de maltractaments.

—¿Ah, sí? ¿Per exemple?

—Doncs, mira, a través del llenguatge podem manipular les persones. I això sovint es fa servir en la violència de gènere o en la violència escolar.

—Sí —diu en Pep—. Imagina't un noi que diu a la nòvia: «si m'estimessis no em deixaries». O bé això altre: «¿no et fa pena que jo em senti malament?».

De seguida penso en l'imbècil. Esclar que en sap molt, de manipular la Mireia i fer-la sentir culpable.

—¿Una croqueta de tonyina? —diu l'àvia acostant-me'n la safata.

N'agafo una i me la poso a la boca mentre escolto les explicacions de l'àvia i en Pep a propòsit del que ells anomenen el «llenguatge malalt». És curiós descobrir com, a través del llenguatge, una persona et pot fer la vida impossible.

Quan s'acaben les croquetes —no tan sols les de tonyina, sinó també les de pollastre i les de pernil—, tinc prou clares les idees per fer-ne un informe.

Informe 6

El «llenguatge malalt» s'usa com a arma. Podem dir que una persona el fa servir quan:

• es nega al diàleg i es tanca en banda, demostrant que l'altre no li importa gens ni mica.

• utilitza un to de veu fred, pla i sense afecte; un to que fa por.

• diu coses sense dir-les del tot, menteix, llança missatges incomplets o molt generals de manera que l'altre mai no sap segur si és veritat o no, si ho ha entès bé o no. Exemple: «No es pot confiar en les dones».

• fa servir la burla, la humiliació, el menyspreu per desqualificar l'altre. Exemple:«No saps fer res bé, tu».

• critica o ridiculitza l'altre davant d'altres persones. Exemple: «No sap ni córrer; fixeu-vos-hi».

• es burla de les creences de l'altre, de la seva ideologia.

• fa passar les crítiques com a bromes. Exemple: «estàs feta una vaca... Ai, no sé per què t'empipes; si era una broma».

1 de novembre

PER SORT, DESPRÉS de dinar ningú no pensa en ordinadors ni en res que s'hi assembli. En Marc s'ha tancat a la seva habitació a escoltar música, i el pare i la Lídia, a la seva, a fer la migdiada, segons diuen. Ho aprofito per entrar al messenger a les quatre en punt i poder parlar amb la Mireia. De fet, sé que a aquesta hora es connectarà perquè m'ha enviat un SMS amb l'avís.

«Mireia» Puntualitat germànica, reina.

«Carlota» No te'n fotis, que ja saps que el domini del temps no és pas una de les meves virtuts. I ara digues, ¿què passa?, perquè és clar que les urgències del missatge eren per explicar-me'n alguna, ¿oi?

«Mireia» Doncs sí...

«Carlota» ¿I?

«Mireia» Uf! No sé ni com començar perquè segur que em claves un escàndol.

«Carlota» Ui, ui, ui! ¿Va de reconciliació amb en Cèsar?

«Mireia» Doncs sí. I abans de posar-te pesada, deixa'm que t'ho expliqui. Resulta que...

«Carlota» T'ha trucat.

«Mireia» Nooooo! PESADA ;-) ¿Em pots deixar parlar?

«Carlota» ...

«Mireia» Ha vingut a casa. I, de debò, que abans de veure'l havia pensat seriosament en el que m'havies dit. Creia que potser tenies raó, que en Cèsar i jo tenim una relació de parella...

«Carlota» Poc equilibrada.

«Mireia» Sí. Una relació en la qual jo dono molt i ell, més aviat poc.

«Carlota» Exactament: dónes amor a canvi de ben poc o de res.

«Mireia» ¿Puc continuar? En Cèsar s'ha presentat a casa amb una caixeta...

«Carlota» Ostres! Li encanten les caixetes. Al començament, per engalipar-te també te'n va dur una.

«Mireia» A dins hi havia un anell amb un petit cor vermell al capdamunt. Tan bufó...

«Carlota» Pel que es veu, també t'he fixació amb els cors. Ja te n'havia regalat un: el que duus penjat al coll.

«Mireia» Si te n'has de riure, no continuo.

«Carlota» Ja callo, però és que em fas molta ràbia. Em sap greu que no t'adonis com és aquest paio.

«Mireia» Potser ets tu qui no se n'adona. M'ha regalat l'anell, m'ha dit que m'estima molt i molt. Que, de fet, no es veu amb cor de viure sense mi.

«Carlota» Més aviat no pot viure sense fer-te la llesca i veure't patir.

«Mireia» ¿Ah, sí? ¿I l'anell què és? ¿Una altra mala passada?

«Carlota» No. El cor és una manera de conquistar-te.

«Mireia» Doncs mira, ho ha aconseguit, perquè tornem a sortir junts.

«Carlota» Dona, a hores d'ara ja m'ho pensava.

«Mireia» ¿Estàs enfadada amb mi?

«Carlota» Enfadada i preocupada: ☹

«Mireia» Doncs no t'amoïnis, que jo estic contenta: ☺

«Carlota» Fins que te'n faci una altra.

«Mireia» O potser no, potser aquesta vegada ho ha après.

«Carlota» Ho veurem.

Tallem la conversa en aquest punt. Estic preocupada de debò. I, a més, no sé què he de fer. ¿Continuar insistint-hi? Jo veig clar que en Cèsar és un maltractador però ella es nega a obrir els ulls. ¿He de procurar que se n'adoni, amb el risc que s'atipi de mi i decideixi trencar la nostra amistat? ¿He de mirar cap a una altra banda i deixar que s'estavelli ella soleta? Però ¿què pot voler dir «estavellar-se»? ¿Que un dia li caurà la bena dels ulls, veurà en

Cèsar tal com és i prendrà ella sola la decisió de deixar-lo? ¿O potser «estavellar-se» voldrà dir que cada vegada s'enfonsarà més en aquesta relació merdosa i, al final, estarà tan perduda que ja no sabrà qui és ella? Ostres! Ara entenc les dificultats que tenen jutges i jutgesses quan han de tirar endavant un judici contra un maltractador al qual la seva víctima ha perdonat. El que em costa és entendre per què les víctimes no fugen sinó que, fins i tot, perdonen. Sí, ja ho sé: la síndrome d'Estocolm. Tot i que l'Octàvia me'n va parlar, no és fàcil recordar-se'n i comprendre la dificultat de les víctimes per escapar-se de la situació. Imagina't la gent que ni n'ha sentit parlar...! Per exemple, molts jutges, jutgesses, policies i personal sanitari. Em sembla que els caldria fer un curs accelerat per poder posar-se en la pell d'aquestes dones.

Mentre encara sóc davant de la pantalla, fent-me totes aquestes reflexions, m'arriba una invitació de l'Octàvia per parlar pel messenger.

«Octàvia» ¿Com va el diari blau? ¿Avança?

«Carlota» Força... Aprofitant que et tinc a mà: ¿creus que les persones maltractadores tenen una manera de ser determinada?

«Octàvia» Mmmm. Crec que, per convertir-se en maltractadora, una persona ha de tenir una imatge molt inflada d'ella mateixa...

«Carlota» M'estic imaginant un paó reial amb tota la cua estesa.

«Octàvia» Més o menys. Una persona convençuda que és millor que les altres o, almenys, que algunes altres. Per exemple, un home que creu que està per damunt de la seva dona.

«Carlota» ¿Pot ser que ho cregui, però que no ho digui en veu alta?

«Octàvia» I tant! Pot ser, fins i tot, que ni tan sols sigui conscient que ho creu.

«Carlota» ...

«Octàvia» Al llarg dels segles, els filòsofs, els científics, els pares de l'Església, els metges s'han encarregat de perpetuar la idea de la inferioritat femenina. Des d'Aristòtil, que pensava que el sexe femení era una degeneració del masculí, fins a Schopenhauer o Nietzsche, filòsofs convençuts que la dona era menys intel·ligent que l'home. O Darwin, Brocca o Lineus, que pretenien demostrar «científicament» la inferioritat femenina. O Sant Tomàs d'Aquino... En fi, no acabaríem mai les cites.

«Carlota» Però ara ja ningú no gosa dir-ho públicament, tret d'algun imam radical...

«Octàvia» És veritat, a la primeria del segle XXI, gairebé ningú no gosa dir-ho, però encara molta, moltíssima gent ho creu, fins i tot les dones mateixes; moltes, sense ser-ne conscients.

«Carlota» ¿I com pot ser?

«Octàvia» Perquè al nostre inconscient —una mena de cambra fosca del nostre cervell, l'existència de la qual està sent demostrada per la neurobiologia—, hi ha emmagatzemades muntanyes d'informacions, de sentiments, d'idees, apreses per nosaltres o apreses pels nostres ancestres.

«Carlota» Ah! Ja ho entenc! Per exemple, la frase «la dona és un animal d'idees curtes i cabells llargs» de Schopenhauer s'hi troba incrustada.

«Octàvia» Sí. L'inconscient té molta activitat cognitiva, dit d'una altra manera, moltes de les nostres idees es formen a l'inconscient i nosaltres ni tan sols ens n'adonem. Això pot condicionar la nostra manera de pensar. Per exemple, quan un crític fa un article sobre la literatura d'una determinada cultura i no hi posa cap llibre escrit per una dona pot ser perquè el seu inconscient funcioni amb el que hi té emmagatzemat i, sense adonar-se'n, rebutgi les obres literàries femenines. O pot ser que el crític, a nivell conscient, pensi que de debò les obres de les dones no arriben a l'alçada de les dels homes i no en seleccioni cap; amb la qual cosa està llançant el mateix missatge que Aristòtil o Nietzsche, però de manera menys òbvia. A l'inconscient, també s'hi emmagatzemen missatges que parlen de la pretesa inferioritat de les persones segons el color de la pell.

«Carlota» Sí que n'hi ha de coses mal apreses al nostre inconscient...

«Octàvia» Sí, i per això, malgrat els canvis legals a la nostra societat, a la pràctica encara es mantenen molts desequilibris entre dones i homes, bé perquè a l'inconscient hi ha emmagatzemats segles d'ensenyaments patriarcals, bé perquè, conscientment, a moltes persones no els convé gaire que canviï la situació. Segons un estudi del Fòrum Econòmic Mundial, l'Estat espanyol és a la cua de l'Organització de Cooperació i Desenvolupament Econòmic (OCDE) pel que fa a la igualtat entre homes i dones. Ocupa el lloc 22 dels 30 països desenvolupats. Imagina't!

«Carlota» Un resultat pèssim.

«Octàvia» Exacte. I si queda en aquests llocs tan baixos és per factors com aquests: que el percentatge de dones als llocs de presa de decisions és mínim, que les dones tenen un accés al mercat de treball molt més difícil que els homes i que la violència de gènere augmenta.

«Carlota» ¿Creus, doncs, que al nostre país hi ha gent interessada a fer que la situació no canviï?

«Octàvia» Probablement o hi està interessada o no s'adona que encara s'han de fer molts canvis. Per exemple, crec que molts homes tenen por d'aquests canvis perquè s'imaginen que perdran poder.

«Carlota» I en perdran, ¿no?, si de debò la societat és paritària.

«Octàvia» En perdran, però també guanyaran en altres aspectes. Pensa que la societat patriarcal ha reservat un paper menys interessant a les dones: la submissió, l'obediència, la passivitat... Però, als homes, els obliga a no demostrar mai por —i la por és un sentiment legítim i habitual—, o sigui, que han d'anar per la vida sempre com si fossin en John Wayne. A més, els obliga a renunciar a qualsevol característica que es pugui titllar de femenina, perquè tot el que és femení es considera inferior. I ser «viril» implica afirmar la masculinitat i, en conseqüència, ser violent. D'altra banda, els obliga a lluitar a l'arena pública sense deixar-los intervenir en l'espai privat, sense deixar-los gaudir, per exemple, d'ocupar-se de les criatures.

«Carlota» Dona, tot això ha canviat molt, ¿eh?

«Octàvia» Ha canviat, però encara ha de canviar més. A la nostra societat estan molt ben instal·lats els micromasclismes.

«Carlota» ¿Micromasclismes?

«Octàvia» Sí, masclismes tan subtils que costen de percebre, però que indiquen que, per sota d'uns canvis socials molt evidents, continuen circulant les mateixes idees. Perquè ho entenguis, et posaré un exemple que no té a veure amb el gènere. En moltes cultures, la canalla es diverteix fent mal als animals. En algunes, maten els gats. En d'altres, només els trenquen la cua. Entre matar o lesionar hi ha una diferència òbvia, però el mecanisme subjacent és el mateix en tots dos actes: considerar els animals éssers de segona, privats de drets i que, per aquesta raó, poden ser maltractats.

«Carlota» Ho veig claríssim!

«Octàvia» Doncs ara, un exemple referit al gènere. Fer dur a una dona un burka que la tapi de cap a peus i només li deixi una reixeta a l'alçada dels ulls és més greu que no pas evitar els noms de dones escriptores en un article que un crític escriu, per exemple, a propòsit de la literatura infantil i juvenil catalana. El mecanisme subjacent, però, en totes dues accions és el mateix: fer desaparèixer la dona.

«Carlota» Elemental, estimada Watson.

«Octàvia» El problema dels micromasclismes és que són més difícils de copsar. I aleshores t'has de sentir dir, per part de molts homes: «si esteu millor del que voleu...». O, per part d'algunes dones: «uf! les feministes... ¿Què diantre fan si ja no les necessitem per a res, si estan passades de moda?».

«Carlota» Feminisme i masclisme no són paraules equivalents, ¿oi?

«Octàvia» Noooooo! ¿Ho dubtes?

«Carlota» No, jo no, però molta gent de la classe no ho té clar, i m'agradaria poder-los-ho explicar. Per exemple, un dia, després d'haver llegit el diari lila a classe, els nois van dir que tocava llegir un llibre masclista.

«Octàvia» Quina bestiesa! Això vol dir que aquests nois tenen una confusió. Creuen que el feminisme vol afavorir les dones, i el masclisme el homes.

«Carlota» I no és això en absolut, ¿eh?

«Octàvia» No. El feminisme és una doctrina —o sigui, unes idees— i un moviment social que lluita per un món més just, per una societat paritària, on les dones es puguin desenvolupar com a persones i tinguin els mateixos drets que els homes. El feminisme no pretén la superioritat de les dones en cap cas, cosa que sovint, malèvolament, se li atribueix. El feminisme, com a moviment, neix amb l'arribada de la democràcia i amb la declaració dels drets humans. O sigui, és pràcticament incompatible declarar-se demòcrata i no ser feminista. És com si un demòcrata no es declarés antiracista.

«Carlota» ¿I el masclisme?

«Octàvia» És una actitud de determinats éssers humans —siguin homes o siguin dones— que consideren l'home superior a la dona i, per tant, atribueixen als homes drets sobre les dones.

«Carlota» Ja ho veig; no són termes equivalents sinó termes antagònics.

«Octàvia» Molt ben vist! Bé, ara t'he de deixar, estimada.

«Carlota» Adéu!

Abans de deixar el meu lloc davant de l'ordinador comprovo si en Gregor ha penjat algun document nou. No. No hi ha res. ¿Deu estar massa deprimit per escriure? ¿Pot ser que li hagin tornat a fer mal? Estic amoïnada.

Al vespre, mentre en Marc i el pare munten un megapuzle, la Lídia i jo llegim assegudes al sofà: jo, un llibre; la Lídia, el diari.

—Té —diu tot d'una la Lídia—, aquí hi ha una notícia que pot interessar-te, Carlota.

Alço el cap. La Lídia llegeix:

—Mor el noi a qui la seva nòvia va disparar amb la pistola.

Abans no tingui temps de dir que no acaba d'encaixar amb la mena de violència que explico al llibre, la Lídia explica:

—Òbviament i si ens refiem del que llegim cada dia als mitjans de comunicació o a les estadístiques de l'Institut de la Dona, es tracta d'una excepció. És a dir, una noia mata la seva parella i no a l'inrevés. Però si t'ho faig notar és perquè, m'hi jugo un bacallà!, d'aquí a pocs dies hi haurà alguna columna en algun diari agafant el cas com a exemple de com en són, de dolentes i violentes, les dones amb els homes. I, esclar, una excepció no pot ser exemple, ¿no trobes?

—Tens raó. Seria tan idiota com considerar que «coure» és un model de verb de la segona conjugació.

El pare, que segons sembla ha estat seguint la conversa, alça el cap i diu:

—Exacte! Això és el que va passar amb una soldat dels Estats Units que va torturar presoners iraquians i que va ser utilitzada com a exemple...

—Com a excusa —interromp la Lídia.

—Com a excusa per parlar de la maldat femenina cap als homes —acaba el pare.

—Però la soldat va fer molt mal fet, perquè no es pot torturar els presoners —intervé en Marc.

—Va fer malfet i la van jutjar i condemnar. ¿I saps què va dir ella en el judici?

—¿Què? —demanem en Marc i jo alhora.

—Va dir que, de vegades, les tortures eren pura rutina i, de vegades, eren entretingudes, però que en tot cas mai no havien estat fora d'ordre.

—¿Era ximple o només barruda? —diu en Marc.

—Ostres, quin horror! O sigui que, segons ella, el que feia estava ben fet —exclamo jo, que hi veig una mica més clar.

—Exacte. Estava convençuda que pertanyia al grup que tenia la veritat, a l'eix del bé!, i que l'altre pertanyia a l'eix del mal, el que havia de ser combatut.

—O sigui que era violenta amb el presoner en nom d'unes idees —diu en Marc.

—Ja ho veig! Obeïa un codi, el d'ells, que justificava la violència i les burles cap als presoners —dic jo, establint un paral·lelisme entre aquest i el codi patriarcal i entre la soldat torturant un presoner i l'home castigant la dona, convençuts, tant l'un com l'altre que així ha de ser.

—Ja veus, doncs, que no és violència de gènere però al revés: de la dona cap a l'home, sinó la violència de sempre: el dominador (en aquest cas, dominadora) contra el dominat.

2 de novembre

Em trobo en Pau pel carrer. Camina de pressa, com jo.

—Fem tard —diu.

—Ho sé, ho sé —responc—. No he sentit el despertador.

—Doncs jo sí, que l'he sentit —fa ell, sense perdre el ritme—. A les cinc en punt!

Alço les celles. ¿Per què es deu haver llevat tan d'hora, el paio?

—A les cinc, sí, perquè havia d'acabar de passar en net els apunts d'en Marc, ¿recordes?

Ho recordo, sí. L'equip de mediadors va aconseguir que en Pau acceptés que no podia demanar excuses i prou: estava moralment obligat a picar els apunts a l'ordinador.

—Uf! He fet el que ni tan sols faria amb els meus —diu amb una ganyota. I després afegeix—: De tota manera, entre tu i jo, crec que els mediadors tenien raó, però no m'era fàcil admetre-ho així com així. Vaig trobar que la mediació és una bona cosa. Fins i tot penso si no valdria la pena que en fes un curset.

No tinc temps de contestar-li perquè arribem a la porta del centre just abans no la tanquin.

Avui hi ha molta excitació a l'aula. En Narcís ha anunciat que celebrarà el seu aniversari diumenge vinent. Ens hi ha convidat força gent.

—Si vols venir amb algú, encara que no sigui del curs, pots fer-ho —em diu.

—Si et refereixes a un noviet, no n'hi ha cap. Hi vindré sola —dic.

¿Són imaginacions meves o els ulls d'en Narcís brillen amb més força? ¿Li interesso? ¿I ell, a mi? Potser sí. Potser ja és hora de donar per acabades les vacances sentimentals...

—Aquest paio va per tu —diu la Berta, amb un lleuger somriure.

—Apa, apa, guapa... —dic, sense massa convicció, però contenta que s'ho prengui tan esportivament; jo sé que li agrada força.

—¿Què et posaràs? —em demana l'Elisenda.

—No ho sé encara. Ja m'ho pensaré.

L'Elisenda fa un gest cap a la Mireia, que, recolzada en una paret, xerra amb en Cèsar.

—El que és segur és que ella no es posarà la mini.

¿Què en deu haver fet, d'aquella faldilla tan espaterrant? ¿I si l'hi demano?

A casa, em trobo que la mare ha arribat més d'hora que de costum.

—¿T'han donat la tarda lliure a la biblio? —li demano.

—He sortit abans perquè volia fer un sopar una mica festiu.

—¿Ve en Fernando?

—No —riu la mare—. Ve la Carmina.

—¿I qui és la Carmina? —demana en Marc, que acaba d'entrar i ja està ficant la grapa al platet de les avellanes.

—¿Què fas per sopar?

—No et mengis les avellanes, que les necessito per fer una picada. Faig un fricandó. I la Carmina és una terapeuta especialitzada en violència de la parella.

A les 9 arriba la Carmina. Seiem a taula, amb el fricandó i un arròs al curry i, de seguida, ens posem de cap al tema que m'interessa.

—Comencem definint la violència de gènere —diu la Carmina—. Segons la declaració de l'ONU del 1994, és «qualsevol acte de violència per raó del gènere, incloses les amenaces, la coerció o la privació arbitrària de llibertat, ja sigui en la vida pública o en la privada, i que té, com a resultat possible o real, un dany físic, sexual o psicològic». I la meva especialitat com a terapeuta és, precisament, ajudar les dones que pateixen violència de gènere dins de la parella.

—¿Dins de la parella també es poden produir maltractaments sexuals? —dic jo.

—I tant que sí! Sempre ens han dit que hem d'anar amb compte amb els desconeguts perquè poden resultar perillosos, però el que mai ningú no ens explica és que cal anar encara amb més de compte amb els coneguts, perquè la majoria d'agressions que pateixen les dones al món, les pateixen al si de la família. En el cas del sexe i la parella, cal tenir en compte que qualsevol contacte sexual imposat és una violació. Fins fa poc, això no s'agafava com un delicte perquè s'entenia que la dona havia de satisfer els desigs del mascle, per damunt dels seus propis desigs.

—Ah, sí! Ja m'ho sé del diari vermell: se suposa que els homes tenen més necessitats sexuals que les dones...

—Sí, aquesta és una llegenda que durant segles els homes mateixos s'han encarregat de difondre. Fer bandera de la seva insaciable sexualitat els ha servit durant anys per deixar-la anar lliurement, mentre reprimien la de les dones. Ja saps que, segons el codi patriarcal, l'home ha de vigilar la sexualitat de la seva dona i castigar-la si s'aparta del camí marcat per ell.

—Doncs, pel que jo sé —diu la mare— ara mateix aquesta llegenda els pesa com una llosa.

La Carmina assenteix, somrient. En Marc se les escolta no tan sols amb les orelles sinó amb tot el cos. La Carmina acaba el que ha començat la mare:

—Ara, un cop les dones han pogut expressar la seva sexualitat amb més llibertat, ells diuen que se senten pressionats, com si les dones esperessin d'ells que sempre en tinguessin ganes i estiguessin a punt. Cosa que, esclar, és una bestiesa.

—O sigui, un cop més queda demostrat que els homes també hi sortirien guanyant si el món fos igualitari i poguessin fugir d'aquesta representació cultural que és la masculinitat.

—Durs com en John Wayne —dic jo recordant l'Octàvia.

—I màquines de follar, com els actors d'una pel·lícula porno —afegeix la Carmina.

—I a punt per manar i dirigir, per anar a la guerra, matar i morir.

—Acs! No! —crida en Marc—. Ja m'adono que la societat patriarcal també ens fastigueja a nosaltres.

—Ja ho pots ben dir... Tornant als abusos dins la parella, es poden presentar sota diverses formes. Per exemple, si el teu nòvio et prohibeix fer coses que ell es permet fer o si et fa unes fotos en postures eròtiques i després se les queda o les difon.

—¿Tot això són abusos sexuals?

—Sí, ho són. Però tornem a la violència en la parella de manera general, sense centrar-nos en la sexual, que, sigui dit de passada, mai no va sola, sinó que acostuma a acompanyar la violència física i/o psíquica.

—Deu ser més freqüent entre parelles grans —diu en Marc—, o sigui, gent de cinquanta o seixanta anys, ¿oi?

—Sí, i a més és més freqüent també entre persones amb poca instrucció i pocs recursos econòmics, ¿no? —diu la mare.

—Fred, fred —diu la Carmina—. D'entrada, es produeix a qualsevol edat. M'encantaria dir-vos que entre les parelles joves no hi ha maltractaments, perquè significaria que les coses estan canviant, però no seria veritat. Els maltractaments dins de les parelles joves hi són gairebé amb la mateixa freqüència que en altres franges d'edat, tot i que, certament el grup d'edat on més dones pateixen violència se situa entre els cinquanta i els seixanta-cinc anys.

—O sigui, com diu l'Octàvia, les lleis han canviat però les mentalitats, no.

—Sembla que és així. Penseu que, pel que fa als abusos sexuals, cada vegada hi ha noies més joves que es troben amb problemes amb la seva parella. Molts nois s'han despertat a la sexualitat amb imatges de porno dur, que exclou totalment la tendresa i el respecte pel cos i pel desig de la dona.

En Marc es fa el boig i mira cap a un altre costat. Jo sé que ha vist els banners de webs porno quan ha buscat informacions per a l'assignatura de ciències naturals. Ho sé perquè n'hem parlat.

—Els nois intenten posar en pràctica allò que han vist a les webs o als canals porno que s'emeten en obert. Les novietes no diuen que no perquè estan enamorades. ¿Resultat? Acaben desfetes a la consulta d'alguna terapeuta que mira d'ajudar-les a superar-ho.

—O sigui, hem d'aprendre a dir que no, encara que el paio ens agradi més que la xocolata.

—Exacte: dir que no sempre que no et vingui de gust, sempre que es tracti d'una pràctica que et repugni. I tornant a la teva pregunta d'abans, la violència no afecta només les parelles més desafavorides sinó les de totes les capes socials. Però resulta més visible entre les més desfavorides.

—¿Per què?

—Potser perquè ho poden dissimular menys, perquè sovint el conflicte acaba a comissaria, cosa que no passa entre les parelles amb més recursos. A més, probablement entre aquestes és més freqüent el maltractament psicològic, menys visible que els maltractaments físics. En definitiva, una dona, doctora en matemàtiques, que viu en un pis de 300 metres quadrats, casada amb un cirurgià molt conegut, també pot ser víctima de violència de gènere. El que passa és que té més possibilitats de separar-se que la caixera d'un supermercat o la dona que mai no ha treballat i que no té independència econòmica.

—Ho trobo versemblant —diu la mare—. Al capdavall, aquesta mena de violència es fonamenta en la idea de la superioritat masculina i la inferioritat femenina, idees que tant pot tenir un cirurgià com un manobre.

—I també les pot tenir una doctora en matemàtiques o una caixera de supermercat —dic jo.

—I d'altra banda, cal afegir que tots els agressors, siguin metges o manobres, comparteixen un sistema moral que els va de primera i que consisteix a estar convençut que la responsabilitat bàsica és de la víctima —afegeix la Carmina.

—Si et violen és perquè et vesteixes de manera provocativa —dic jo, amb to irònic.

—Sí. I si el marit et pega es perquè l'has provocat, l'has posat nerviós. O si s'atribueix ell tota la capacitat per prendre les decisions familiars és perquè tu ets massa immadura i no tens prou capacitat de decisió.

—¿I creus que els maltractadors són conscients de ser-ho? —pregunta la mare.

La Carmina se la queda mirant.

—Dona... No sé què dir-te.

—Si ho pregunto és perquè hi he estat reflexionant i crec que, molt possiblement, la majoria no en tenen ni la més mínima consciència. Per posar-te un exemple no referit al gènere. El 2005 va morir Rosa Parks, una costurera que el 1955 als Estats Units va iniciar el que després va ser el moviment contra la segregació racial. Resulta que, en aquella època, als autobusos els negres havien de cedir el seient als blancs. Ara, aquí i a nosaltres ens sembla una autèntica barbaritat aquesta llei, esclar. La Rosa tornava de treballar un vespre, molt cansada després d'una jornada laboral esgotadora i no va alçar-se del seient perquè un blanc l'ocupés. Ara, aquí i a nosaltres ens sembla increïble que l'home no tingués consciència que, per molt que la llei l'emparés, ell era un violador dels drets humans, però el cert és que no se n'adonava. I molts dels negres, tampoc. Per fi, Rosa Parks es va revoltar. Aquell petit gest seu va tenir moltes conseqüències que van representar el final de la segregació racial —la mare fa una pausa i continua—. Doncs, crec que a la nostra societat passa el mateix en relació amb la violència de gènere: la majoria d'homes no en són conscients. I també moltes dones maltractades no saben que ho són.

—És cert —admet la Carmina—. Atesa d'una banda la creença en la superioritat masculina i de l'altra la idea tan estúpidament romàntica que tenen de l'amor, moltes dones no s'adonen que la seva parella les maltracta.

—Doncs, per la mateixa regla de tres, molts homes no s'adonen que maltracten les seves parelles. Vull dir que no és fàcil que un paio que no col·labora en les feines de la casa s'adoni de la seva condició de maltractador.

—Sí, i segurament un paio que sobreprotegeix la dona com si fos una minusvàlida psíquica, tampoc no n'és conscient. Ni el que la menysprea i la fa sentir tan malament amb ella mateixa que...

—... que acaba suïcidant-se —diu la mare.

—Efectivament, els maltractaments físics, psíquics o sexuals dins de la parella acaben provocant problemes en la salut física, com per exemple mals d'esquena, o problemes psíquics, per exemple depressions, que poden desembocar en el suïcidi.

En aquell moment, torno a recordar l'actitud de la Mireia respecte a en Cèsar i em ve al cap la pregunta que dies enrere em feia: ¿per què les víctimes no fugen sinó que, fins i tot, justifiquen el seu agressor i el perdonen?

I tot i haver-ho parlat amb l'Octàvia, ho plantejo també a la Carmina. Mentrestant la mare diu a en Marc que reculli els plats bruts, que ella portarà les postres.

—Qualsevol dona que pateix violència en la parella desenvolupa unes estratègies de supervivència, ni que sigui inconscientment, que la porten a dependre emocionalment del maltractador, a creure que l'estima quan en realitat el tem, a tenir cap a ell sentiments positius i, en canvi, sentiments negatius cap a qui vol rescatar-la...

—La síndrome d'Estocolm —dic jo. I agraeixo que en Marc sigui a la cuina perquè m'estalvio explicacions que ja conec.

—Exacte —diu la Carmina—. A més, hi ha una altra qüestió, coneguda com la indefensió apresa.

—¿La indefensió apresa?

—Sí. Això té a veure amb el cicle de la violència, que sempre és el mateix: l'home acumula tensió per raons que no tenen res a veure amb la seva parella, la descarrega de manera violenta sobre ella, li demana perdó, es comporta molt amorosament —aquesta fase es coneix amb el nom de lluna de mel— i ella se'l creu. I torna a començar el cicle. La dona aviat aprèn que res del que ella fa té relació amb les conseqüències. Un dia fa A, i l'home li clava una pallissa, perquè estan en la segona fase. Un altre dia la dona torna a fer A, i ell li regala un ram de flors, perquè està en la fase amorosa. Conclusió d'ella: faci el que faci, no pot controlar-ne els resultats; es troba a les mans d'ell.

—¿Per això la dona no fuig? —pregunta la mare que entra amb uns bols plens de fruits vermells calents acompanyats de gelat de vainilla, seguida d'en Marc.

—Ni fuig la dona que viu amb un maltractador, ni l'home que pateix assetjament laboral. El que vull dir és que qualsevol persona en aquestes condicions té la mateixa reacció d'indefensió apresa.

—I, després, suposo que tampoc no podem oblidar que les dones, culturalment hem après a ser submises als homes —afegeix la mare.

—I que aquesta idea la tenim incrustada ni que sigui de manera inconscient, en el nostre cervell —dic jo, recordant el diàleg amb l'Octàvia.

—Doncs sí —diu la Carmina—. En tot cas, no és fàcil fugir. I les víctimes necessiten ajuda terapèutica, ajuda legal i moltes dosis de comprensió, comprensió que no els resulta fàcil d'obtenir per part de la societat, que encara desconeix molts d'aquests mecanismes i tendeix a pensar o que elles tenen alguna cosa en la seva manera de ser que les porta a ser víctimes o que elles s'ho busquen o que s'ho inventen o que no n'hi ha per tant.

Faig que sí amb el cap perquè ja ho he sentit altres vegades.

—Sense comptar una altra qüestió molt important —diu la Carmina—, i és que sovint ells també són molt dependents d'elles. De fet, els maltractadors tampoc no saben desenganxar-se de les seves víctimes. Les necessiten potser perquè els alimenten la seva autoestima, fonamentada en el domini, en el poder.

—¿Algun consell per a les dones que pateixen violència dins la parella?

—Sí —diu la Carmina—, que busquin ajuda, per exemple, trucant al 93 300 28 01. O bé visitant aquesta web: http://www.dreaming.net. O bé aquesta altra: http://www.pangea.org/dona/tamaia/

3 de novembre

Uau! Estic per caure de cul a terra! M'ho diu la imatge que em torna el mirall, on puc veure una Carlota insòlita amb la mini de la Mireia. Ves per on, ara mateix trobo que és un encert que el cogombre del seu nòvio no l'hi deixi portar i que ella, bleda, li admeti la prohibició: així me la puc posar jo.

Me la trec perquè no se m'embruti i em poso a treballar. Com que, abans d'anar-se'n, la Carmina em va donar un munt de fotocòpies sobre estadístiques en relació amb els maltractaments dins la parella, copio les xifres al meu diari blau.

Estadístiques i dades 2

A l'Estat espanyol, l'any 1998 es van presentar 19.621 denúncies de maltractaments fets per homes contra les seves dones. L'any 2001, se'n van presentar 24.158. I l'any 2004, més de 53.000.

Es calcula que al món, depenent dels països, hi ha entre un 10% i un 70% de dones que pateixen violència de gènere.

Es calcula que a Europa entre 42 i 56 milions de dones són maltractades.

Es calcula que una de cada quatre dones al món serà víctima de violència sexual per part de la seva parella al llarg de la seva vida.

Gairebé el 50% de les dones que moren per homicidi al món són assassinades pels seus marits o parelles actuals o anteriors, un percentatge que puja fins al 70% en alguns països. El 42% de les dones van ser assassinades a casa seva.

Més de 5.000 dones o nenes són assassinades cada any al món a mans dels marits o altres familiars per «restaurar l'honor» familiar «perdut».

Es calcula que hi ha uns 60 milions menys de dones al món perquè van ser avortades pel fet de ser fetus femenins o assassinades de petites pel fet de ser nenes.

Es calcula que en les relacions de parella hi ha un 96% de dones maltractades enfront d'un 4% d'homes maltractats. D'aquest 4%, només un 2% és víctima de l'assalt de la dona; l'altre 2% és atacat en el context d'una agressió recíproca.

Es calcula que entre 100 i 140 milions de nenes i dones han patit alguna forma de mutilació genital i que 2 milions de nenes estan en perill de patir-la cada any.

Una de cada quatre dones joves sud-africanes estan infectades amb el virus de la sida. Un terç d'aquestes dones diuen que van ser forçades en la seva primera relació.

A Delhi, índia, cada 12 hores mor una dona cremada pel seu marit.

A Ciudad Juárez, Mèxic, d'ençà el 1993, 430 dones han estat assassinades i més de 600 han desaparegut.

L'organització Internacional del Treball (OIT) diu que el treball forçós, l'esclavatge i el tràfic criminal d'éssers humans, especialment de dones, s'incrementa amb la globalització.

El perfil de la prostituta que treballa als carrers d'Europa i els Estats Units és: dona, d'entre 19 i 25 anys, estrangera, controlada per les màfies i amb càrregues familiars al seu país. Es calcula que unes 50.000 dominicanes estan exercint la prostitució a Holanda i Alemanya.

Al món hi ha 79 nacions que no tenen legislació contra la violència de gènere; tot i que, als països on n'hi ha, molt sovint no es compleix.

Acabo de copiar les dades i encara sento esgarrifances a tot el cos, quan, tot d'una, recordo que a Favorits tinc unes quantes webs feministes que poden aportar-me informacions. Entro a la «red feminista contra la violencia hacia las mujeres» (http://www.redfeminista.org/) i hi trobo les xifres corresponents als casos de violència de gènere que han tingut com a conseqüència la mort de la dona.

Estadístiques i dades 3

Les dades, referides a l'Estat espanyol, són les següents:

- L'any 2003: 98 dones mortes.

- L'any 2004: 109 dones mortes.
- L'any 2005: 75 dones mortes.

Les xifres no casen del tot amb les oficials perquè en aquesta web recullen les dones mortes no tan sols a mans de les parelles sinó també les mortes a mans del pare o del fill o d'un germà. Per exemple, les mortes del 2005, es reparteixen d'aquesta manera:

Violència de gènere amb resultat de mort [2005]

SUBTOTAL ÀMBIT INTRAFAMILIAR	76
PARELLES O EXPARELLES	64
ALTRES RELACIONS FAMILIARS	12
AGRESSIÓ SEXUAL	2
TRÀFIC DE DONES I PROSTITUCIÓ	2
TOTAL VÍCTIMES	80

Uf! Em sento marejada. No n'hi ha per menys amb totes les dades que he obtingut. Em dic a mi mateixa que viure al planeta Terra i ser dona és un factor de risc per acabar morint abans del que tocaria, sobretot si, a més, tens dos factors de risc més: ser pobre o tenir la pell d'un color diferent del blanc.

Entro al blog de l'escarabat miserable, però continua sense donar senyals de vida. Ostres! M'estic començant a posar nerviosa.

4 de novembre

Els nervis ens dominen. Ags! Estem totes com a cabres pensant en la festa a casa d'en Narcís. I, molt em temo, que jo estic més cabra que totes plegades. ¿A veure si encara m'agradarà el paio? Potser és que ja m'agrada...

—No sé què posar-me —diu l'Elisenda—. De fet, no tinc res.

—Ni jo —diu la Mireia.

—En sou, d'exagerades. Si vaig a casa i us obro l'armari segur que és ple.

—Ostres, Carlota! Parles com la mare...

—Mira-la ella. Com que ja està satisfeta amb la mini que li ha deixat la Mireia, a nosaltres que ens donin dos duros.

La Candela, que és allí a la vora i ens ha sentit, entra a la conversa.

—Si esteu guapes amb qualsevol cosa... —ens anima.

—Apa, apa, Candela, no ens facis psicoteràpia.

Després d'una estoneta, ens diu que avui a tutoria parlarem de l'autoestima.

—¿Qui em podria dir què és l'autoestima? —pregunta quan ja som a l'aula.

L'Elisenda aixeca la mà i diu:

—La manera com jo m'estimo a mi mateixa.

—No està malament —diu la Candela—. ¿Alguna altra idea?

Ara sóc jo la que alço la mà:

—No és fàcil estimar-te a tu mateix si ningú no t'estima.

—També tens força raó —diu la Candela—. ¿Alguna altra cosa que hi vulgueu afegir?

—Doncs sí —diu en Pau—, que de vegades tens l'autoestima molt bé i de vegades molt malament. ¿Per què?

—¿Saps per què? Doncs perquè tendim a pensar coses equivocades. Per exemple, imagina't que no ets gaire bo en matemàtiques i això et porta a pensar que ets molt dolent per als estudis.

En Marcel alça la mà:

—A mi també em passa: quan l'espifio jugant a futbol...

—Cosa que et passa sovint —afegeix en Pau.

La Candela li llança una mirada d'advertència a en Pau.

—No, si ja ho sé que sóc dolent —diu en Marcel—. El problema és que, després d'espifiar una jugada, em dic a mi mateix que sóc un desastre, que no serveixo per a res.

—Quina bestiesa! —diu en Gabi—. Si ets el millor dibuixant.

—Doncs, em refereixo exactament a aquesta qüestió —explica la Candela—: a les generalitzacions, a jutjar-ho tot només per una part. O, per exemple, a mirar només els nostres aspectes negatius i oblidar-nos dels positius. Això, ho feu molt sovint les noies quan jutgeu el vostre cos: una pensa que té unes cuixes molt lletges i, en canvi, ignora que té uns cabells bonics o uns ulls brillants o...

—Ostres! És que és difícil valorar-se d'aquesta manera quan les imatges que t'arriben de les revistes ensenyen sempre uns cossos perfectes.

—Precisament! Això als nois no els passa. I és que, d'ençà el naixement, se'ns educa diferent als nois i a les noies. En general, els nois reben missatges que reforcen la seva autoestima.

—Dona —diu en Gabí—... Si fossis homosexual no t'ho semblaria...

—Si fossis gitano segurament tampoc —afegeixo jo.

—¿I si fossis un sense-sostre? Jo diria que tampoc —continua en Gabi.

—D'acord —diu la Candela—; diguem que es reforcen els rols —i de passada l'autoestima— dels qui es troben al grup de poder: o sigui, homes, heterosexuals, molt masculins, de pell blanca i amb calés. I els qui no encaixem en aquest patró, rebem una altra mena de missatges, que tendeixen a debilitar la nostra autoestima.

—¿I què hi podem fer? ¿Com hi podem lluitar? —demano jo, pensant en la quantitat de prejudicis sobre la inferioritat femenina que tenim acumulats a l'inconscient i que, esclar, deuen fer minvar l'autoestima de les dones.

—Podem fer diferents coses: per exemple, utilitzar un llenguatge interior positiu.

—¿Què? —demana en Narcís.

—Vull dir que quan et parles a tu mateix —que això ho fem cadascun de nosaltres amb una veu que no calla mai—, has d'aprendre a parlar-te de manera positiva, per aixecar-te la moral, per animar-te a assolir els objectius.

—¿I si no els assoleixes?

—Potser és perquè t'has marcat uns objectius massa allunyats de les teves possibilitats. Marca-te'ls més curts i, de mica en mica, arribaràs a objectius més ambiciosos.

Alço la mà perquè no em resol el dubte:

—¿I què fem amb totes les idees negatives que, sobre les dones, ens han ficat al cap al llarg dels segles?

—Sí —afegeix la Pat, que té tendència a les formes rodones—. ¿I què en fem, de les imatges de cossos esquelètics amb els quals ens hem d'emmirallar?

La Candela es queda pensant.

—Tens raó. No és fàcil, però potser la solució és fer xarxa. O sigui, donar-nos autoritat les unes a les altres perquè noves maneres d'estar i de ser siguin vàlides.

—Per exemple, ¿considerar que estem bé encara que el nostre cos no correspongui a una talla 38?

—Per exemple. O donar suport a les dones que fan una activitat pública i la fan d'una manera que no acaba d'encaixar amb la norma.

Quan la tutoria s'acaba jo encara rumio que no és tan senzill això de tenir una bona autoestima; que també depèn molt del grup al qual pertanys.

Al vespre a casa, m'assec a l'ordinador a fer deures. Al cap d'una hora decideixo descansar i comprovar si hi ha algun missatge d'en Gregor-J. Fa tants dies que el seu blog està inactiu que em fa patir.

Sorpresa! Un nou document!!!

Gregor Samsa 6

Blog: Memòries d'un escarabat miserable

Aquí l'escarabat miserable arrossegant-se com un cuc. Et preguntaràs si m'han tornat a cascar, ¿oi spiderwoman-lectora? doncs, no... encara no. Però el futur s'intueix fosc com una tassa de xocolata desfeta. Dilluns vinent, 7 de novembre, tenim partit de futbol contra un altre institut de la ciutat. Habitualment, jo m'ho miro des de la banqueta perquè tothom és conscient de les meves limitacions al terreny de joc. Aquesta vegada, però, la mala fortuna (avui m'he llevat poeta, ¿te n'adones del meu supervocabulari?) ha fet que hi hagi cinc lesionats —cinc!— al nostre equip, dos dels quals són el porter oficial i el suplent. I em toca donar el do de pit. Encara que no ho vulgui, estaré en la formació dels onze que corren darrere la pilota: hauré de fer de porter. I el pitjor de tot: l'Aníbal Lecter és del meu equip. Començo a pensar en la possibilitat de caure d'algun lloc una mica alt i trencar-me una cama... Maleït el meu pare, que m'obliga a apuntar-me a futbol! Com si m'hagués endevinat el pensament, se m'ha acostat l'Aníbal i m'ha dit: «monyes, ni t'imaginis que pots fingir una lesió. Aquest partit l'has de jugar i l'hem de guanyar». Quan deia «l'has de jugar» i quan deia «l'hem de guanyar» li sortien, d'entre els llavis, escopinades que venien a petar directament al meu nas i a les meves galtes, però jo no gosava eixugar-les no fos cas que el paio es cabregés més. «Si no el guanyem per culpa teva, faré servir el bat de moldre coloms. Ja t'he avisat.»

Ja m'ha avisat... i m'ha acollonit. De debò. He pensat que potser t'havia de fer cas i he decidit fer saber a l'entrenador que l'Aníbal es comporta amb mi de manera salvatge. Però l'entrenador no m'ha fet ni gota de cas. «No siguis babau, J.», m'ha dit; «Això és cosa d'homes. I tu t'has de fer un home. Mira, o jugar partits de futbol o fer el servei militar; això és el que et convé».

Res a fer, ja es veu. Perquè aquestes són també les teories del meu pare. Hauré de jugar i creuar els dits perquè no em fotin gaires gols ni em toqui parar un penal. Els fallo sempre!

Li deixo un comentari:

No sé què dir-te. Potser només et puc desitjar sort. O sigui que merda, merda, merda.

Ho ha dit spiderwoman el 4 de novembre a les 20:37.

Mentre estava llegint el blog d'en Gregor, m'han entrat dos missatges: un de l'Octàvia i un de la Carmina. Curiosament totes dues m'envien uns materials que jo converteixo en tests.

Assumpte: Abús sexual en la parella

Estimada Carlota,

T'envio algunes de les preguntes que formen part del qüestionari que passen al centre Tamaia, per tal que la dona maltractada pugui saber si està patint violència sexual dins de la parella.

Espero que et serveixi per al teu diari blau.

Un petó

Carmina

Test 5

La teva parella et maltracta sexualment si:

1. Li dius que no vols tenir sexe, però t'ignora i continua endavant.
2. Compara el teu cos o la teva resposta sexual a la d'altres persones.
3. T'obliga a veure pornografia i a fer allò que veieu.
4. No respecta les teves necessitats ni satisfà els teus gustos.
5. Et tracta com si fossis una cosa, sense sensibilitat.
6. Et parla de manera insultant mentre teniu relacions sexuals.
7. T'acusa de nimfòmana (una dona obsedida pel sexe) o de frígida (una dona completament desinteressada pel sexe), segons les ocasions.

Abans no tingui temps de llegir-me a fons el missatge de l'Octàvia, en Marc entra a la meva habitació.

—Ei! —li dic—. ¿Algun dia t'acostumaràs a trucar a la porta?

—Algun dia, algun dia, petita —em diu. S'asseu damunt del meu llit i continua—: Vinc en so de pau, a oferir-te notícies per al teu diari blau. ¿Has vist quin rodolí més bonic?

Em poso a riure.

—Endavant , pallasso —li dic—. ¿De quines notícies es tracta?

M'ensenya uns papers.

—Són sentències masclistes. Veuràs que als jutges i les jutgesses del país els caldrien cursos intensius per poder arribar a mirar-se les situacions amb una mirada nova i no esbiaixada. Llegeixo algunes sentències recollides per la Federación de Mujeres Progresistas entre juliol del 2003 i juliol del 2004. Per exemple: a un maltractador el van absoldre perquè ella anava vestida a la moda i, per tant, no s'ajustava al perfil que segons el jutge és el d'una maltractada.

—No et fot! Segur que algun jutge porta un pentinat poc adequat al seu càrrec i no per això se li revelen els inculpats!

—Mira aquesta altra —diu en Marc. I llegeix—: Absolen l'home perquè «només» maltractava la dona durant les vacances de Nadal i les de l'estiu —les èpoques en què es veien— i, per tant, la conducta d'ell no es pot considerar delicte de maltractament perquè no és habitual. O aquesta altra: el maltractador surt ben parat perquè no es recorda d'haver tirat la seva dona per la finestra.

—Oh! Pobre, li hauria calgut menjar cues de pansa —afegeixo.

—Però no tan sols la judicatura és benèvola amb els maltractadors, també ho són els polítics, posem per cas. Per exemple...

En Marc s'atura i busca entre els retalls. Se'n mira un i, després, diu:

—En Fraga va defensar un alcalde que havia tocat els pits d'una menor dient que això «són menudeses».

—Quina mirada tan esbiaixada!

—Sí. Li haurem de regalar unes ulleres liles. Ha, ha!

Quan en Marc se'n va, acabo de posar en solfa el que m'ha enviat l'Octàvia.

Test 6

Per saber si estàs en una relació on l'altre abusa de tu:

1. Sovint has d'anar amb compte amb el que dius perquè s'enfada per no res.
2. Sovint quan tu parles et talla o et fa callar.
3. Li tens por.
4. De vegades et dóna empentes o et pega.
5. En general és amable amb tu, però tot d'una es torna cruel, com si s'ho passés bé fent-te mal.
6. Tens la sensació de no estar bé i de fingir constantment que ho estàs.
7. Tens sovint símptomes físics com mal de cap o mal d'esquena o tens símptomes psicològics, com angoixa, estrès, tristesa, depressió.

La mare treu el cap per la porta de la meva habitació. Avui això sembla La Rambla!

—Et porto un retall del diari que pots incorporar al teu diari blau.

—T'escolto —dic, recolzant-me bé en la cadira, mentre la mare s'asseu al meu llit, com tothom. Sort que la mare, quan va saber que anàvem a viure amb ella, va fer unes petites obres a casa que van ampliar mínimament la meva habitació i la d'en Marc, de manera que ara ja no tenim els llits en un altell sinó a nivell de terra. Si no, no sé pas on s'asseuria tot el personal que transita pel meu dormitori...!

—Una jutgessa de Múrcia i també un jutge de Las Palmas van plantejar que la Llei contra la violència envers les dones els semblava inconstitucional perquè discrimina l'home, ja que castiga més severament l'agressor si és un home que si és una dona.

—¿I tu què en penses?

—Que no és inconstitucional, però m'estimo més que ho demanis a en Fernando, que, com a advocat, et pot respondre millor.

—¿Li truco? —demano.

—Sí —diu la mare—. I quan acabis me'l passes.

—I tant que no és inconstitucional —em diu en Fernando tronant, amb la seva passió habitual—. L'argumentació dels paios i paies que ho diuen denota molta ignorància. Haurien de saber, almenys els jutges i les jutgesses, que no tota diferència de tracte implica discriminació.

—No sé si acabo d'entendre el que dius.

—Fixa't —diu en Fernando—. A l'Estat espanyol aproximadament moren cada any unes vuitanta o noranta dones a mans de les seves parelles o exparelles; un 96% de les maltractades són dones mentre que només un 4% són homes.

—Això ja ho sabia.

—Per tant: la situació dels maltractaments és clarament diferent. Si ets home, tens poquíssimes probabilitats de ser maltractat per la teva dona. En canvi, si ets dona tens molts números perquè et toqui el rebre. Aleshores, la Llei contra la violència envers les dones el que pretén és resoldre una situació desigual. Si tractes igual situacions desiguals mai no arribaràs a aconseguir la igualtat. Això vol dir que només tractant desigualment situacions de desigualtat aconseguiràs la igualtat.

—Ho veig claríssim.

I just en aquest moment em recordo també de la necessitat d'aplicar la discriminació positiva que m'explicava l'Octàvia; sense aquestes correccions sobre prejudicis, estereotips i creences de segles i segles mai no arribaríem a aquest món més just i paritari que moltes persones volem.

—Són polítiques d'igualtat dirigides a corregir situacions asimètriques —acaba en Fernando com si em llegís el pensament.

Li dono les gràcies però em talla per dir-me:

—Un segon, que no he acabat el meu discurs: que sàpigues que no hi ha res que em posi més a parir que aquests i aquestes periodistes, polítics o jutges, que es permeten dubtar de la constitucionalitat de la Llei contra la violència envers les dones però que mai no han escrit ni una línia a propòsit de les discriminacions tan inconstitucionals contra les dones que hi ha al nostre país. Per exemple, ahir el diari publicava aquesta notícia: «Les titulades joves pateixen tres vegades més atur que els barons». El 18% de les desocupades són universitàries, mentre només un 6% d'universitaris homes estan a l'atur segons un informe. Té gràcia, ¿oi?, que els qui escriuen articles d'opinió rara vegada es queixin de la inconstitucionalitat de fets com aquest i, en canvi, critiquin la llei. ¿No tens la sensació que són gent que afavoreix determinats patrons força conservadors sota una falsa aparença de modernitat?

No hi havia caigut fins ara, però, crec, efectivament, que té raó. Li envio un petó i corro a buscar la mare.

—El teu supernòvio al telèfon.

—¿Que te'n fots, reina? —pregunta la mare mentre passa pel meu costat.

—Que no, que no, mare —li dic cavalcant darrere d'ella—. T'asseguro que jo em buscaré un paio amb les idees tan clares com ell.

La mare es gira cap a mi i, abans d'agafar l'auricular, em pica l'ullet.

Semblava que mai no arribaria el dia però per fi el tenim aquí. Aquesta vegada sí que ho tinc tot tan ben calculat, que no perdré miserablement les hores emprovant-me tota la roba de l'armari. Em poso la mini de la Mireia. Li birlo un jersei, a la mare, que va de nassos amb la faldilla. Em poso unes mitges de color taronja i unes botes altes... meves!; no les he hagut de demanar en préstec a ningú. Em lligo al coll un mocador indi comprat al top-manta de Passeig de Gràcia. Em perfilo amb llapis negre la parpella superior i em pinto els llavis amb un color albergínia bastant fosc.

—Ecs! —diu en Marc—. Sembles una gòtica.

—¿I què, pesolet? A part que no és veritat, no porto cap altre dels atrezzos de les gòtiques.

Em miro al mirall... em despinto una mica els llavis (potser sí que són un pèl passats de voltes) i m'aprovo. Trobo que no estic gens malament.

—Estàs molt bé —diu en Fernando, que just aleshores arriba per passar la tarda amb la mare.

—Això, això... —diu en Marc—. Fes-li psicoteràpia, que la necessita, pobrissona.

—Tu sí que necessites tones de teràpia i no pas jo, nano. Tinc la moral de ferro, jo.

—M'agradarà veure com tens la moral si a la festa en Narcís està pendent d'una altra i no pas de tu. Tornaràs amb la moral de mantega.

Però ¿què s'empatolla? ¿I ell què sap d'en Narcís? ¿Que m'ha posat un investigador privat per seguir tots els meus moviments? ¿O té poders, el meu germà, i pot llegir dins del meu cap millor que no pas jo? Perquè he de reconèixer que m'he vestit pensant en ell tota l'estona. Definitivament, vull ballar amb ell i a veure què passa...

Passa que sí, que en Narcís balla amb mi més que ningú i quan decidim descansar també s'està amb mi, al costat de la taula del menjador, on hi ha els entrepans, les begudes i els vasos i plats de paper. Es nota que la gent ja comença a tenir gana, perquè les existències comencen a flaquejar. En Narcís i jo ens mengem un bocata de pernil a mitges, que és un preàmbul molt estimulant per, posem per cas, un petó. Ni que sigui un petó tendre i encara poc eròtic. De moment el petó no arriba i xerrem mirant el que és la pista de ball: la sala dels pares d'en Narcís, sense mobles (el sofà i la taula baixa han quedat arraconats al passadís). Mentre observo aquella colla de nois i noies que es belluguen frenèticament, no em perdo detall del que en Narcís em diu i de l'olor que fa i del contacte entre la seva pell i la meva, que de tant en tant es freguen.

Malgrat les sensacions tan potents que em pugen pel cos, encara sóc capaç d'adonar-me que el moviment a la pista de ball ha canviat. Algú ha posat una cançó lenta i les parelles l'aprofiten. Unes s'arramben descaradament; les altres ballen amb més distància perquè potser no tenen entre els braços aquella persona a qui volien tenir.

En Narcís i jo continuem xerrant, no puc, ni tan sols ara, precisar de què. En realitat, la conversa no és més que una excusa per mantenir la proximitat, per poder acostar la meva boca a la seva orella; per sentir els seus llavis a la vora de la meva galta. Amb tot, encara sóc capaç d'adonar-me que la Mireia està ballant amb en Marcel. Provo de localitzar en Cèsar; està al costat de la finestra, mirant la llunyania a través del vidre, com si res del que passés allí anés amb ell. Però amb la cara, paga. Allò l'està posant de molt mal humor, tot i que ignoro si ja ha vist la Mireia giravoltant amb en Marcel.

M'oblido d'en Cèsar perquè en Narcís em passa l'índex pel braç i em posa la pell de gallina.

—¿Tens fred? —em pregunta.

—No —li dic amb franquesa—, m'agrada molt.

I m'acosto lentament al seu coll i li poso una mà sobre l'espatlla i li faig un petó suau al costat dels llavis. Ell gira el cap i trobo els seus llavis damunt dels meus. Ens mengem. No sé durant quanta estona ens comprovem la finesa dels llavis i la frescor de la saliva. No sé quanta estona les nostres llengües s'enrosquen i es desenrosquen. Surto abruptament d'aquell nirvana.

—Bèstia!!!!!!!

Qui crida és la Mireia, però aviat tots els qui ballen s'han sumat a l'aldarull.

És comprensible.

En Cèsar i en Marcel són per terra atonyinant-se. O per ser

més fidel a la realitat: en Cèsar li clava coces i cops de puny a en Marcel, que no sembla haver-se refet de la sorpresa inicial: l'atac inesperat d'en Cèsar.

En Narcís s'hi acosta.

—Pareu! Para, Cèsar. Fes el favor d'estar-te quiet.

En Cèsar envia un ganxo temible a l'estómac d'en Narcís, que es doblega de dolor. Jo m'agenollo al seu costat per mirar d'ajudar-lo i per arrossegar-lo lluny de la baralla.

—Fes-los parar —em demana en Narcís, amb la cara encara contreta en una ganyota de dolor.

—Ajudeu-me —crido a la Berta, en Pau i en Gabi, que són a la vora.

Entre tots quatre immobilitzem en Cèsar, que sembla un gos rabiós i no deixa de proferir insults. Cap als qui li impedim la baralla. Cap a en Marcel, que segons ell ha ficat mà a la seva nòvia. I també cap a la Mireia.

Quan el tenim totalment immòbil, la Mireia diu:

—Home, Cèsar, ¿què t'agafa?

—Ja ho saps què m'ha agafat, puta.

Mentrestant, en Marcel i en Narcís es van recuperant dels cops rebuts. En Marcel s'ha assegut al sofà i veig que una companya li apropa un got de coca-cola. En Narcís, lentament, s'acosta a nosaltres. La Mireia està petrificada, s'ho mira tot com si no tingués opinió, amb els ulls buits de contingut.

—Au, Cèsar, a veure si recobres el sentit comú —diu en Gabi—. Primer, és una passada que et passis la vida titllant de putes les noies, especialment la teva nòvia. I segona, no pot ser que et creguis amb dret a decidir amb qui pot ballar i amb qui no, la Mireia.

—És que no pot ballar amb ningú, tret de mi.

—Alça, paio. Estàs una mica tarumba —diu en Pau, mentre li dóna uns copets a l'esquena per tranquil·litzar-lo.

En Cèsar es deixa anar amb un gest de ràbia.

La Mireia, encara amb la mirada fosca i buida se li acosta.

—Cèsar... —només té temps de dir.

Ell li clava una empenta que gairebé li fa perdre l'equilibri. Em poso al costat de la Mireia i la subjecto.

—Puta, aquí et quedes —diu en Cèsar i desapareix pel passadís.

Tothom respira, alleugerit. Sembla que la tensió ha minvat força i ara ens queda a tots i a totes un cansament inexplicable. Decidim que més val col·locar el sofà al seu lloc i posar-nos a xerrar per mirar de recuperar l'humor i, si més no, la calma.

La Mireia plora recolzada damunt la meva espatlla.

Li parlo baixet, a cau d'orella i, de mica en mica, la Mireia deixa de somicar i sembla que m'escolta. Li faig reflexions sobre el comportament d'en Cèsar, li dic que no li convé un paio com aquest i, sobretot, li recordo que és imprescindible no acceptar la primera mostra d'agressió.

—I ja t'ha agredit físicament un cop.

La Mireia em mira com si no sabés de què li parlo.

—L'empenta, filla —m'impaciento—. T'acaba de clavar una empenta davant de tots nosaltres. És la primera agressió física, suposo... I després de la primera en vindran més, en pots estar segura.

—¿I tu com pots estar tan segura que no canviarà? Potser encara li puc donar una altra oportunitat.

—No n'hi has de donar cap altra! Ja n'hi has donat massa.

—No. No el puc deixar, Carlota.

Em desespera! ¿Què necessita aquesta paia? ¿Que li clavi una pallissa? ¿Que la violi al cotxe? ¿Que l'estranguli amb el cinturó?

Tot d'una es fa un silenci espès. En Cèsar ha reaparegut a la porta de la sala.

—Escolta'm, guarra, i mira bé el que faré! —crida en Cèsar.

A les mans hi té un tros de paper. No es veu bé què és. El porta agafat pels dos extrems, com si volgués ensenyar-lo.

La Mireia s'incorpora a la butaca.

En Cèsar fa dues passes i es col·loca al davant de la nostra butaca. Aleshores puc veure bé el tros de paper: és una foto. La foto de la Mireia i en Pere.

Observo la Mireia. La seva mirada encara està enfosquida i perduda, com si no estigués a la sala amb nosaltres, com si no acabés de ser conscient de res.

—Això és el que passa amb les noies fresques com tu; això és el que es mereixen.

I mentre diu aquestes paraules trenca la foto en molts i molts bocins.

La mirada de la Mireia passa per una mena de tempesta instantània. Les seves parpelles es mouen unes quantes vegades molt de pressa, com si estigués netejant-se la còrnia per millorar la visió. Quan els seus ulls s'obren, la mirada ha canviat totalment: és encesa, brillant, iracunda, activa, freda...

Tinc la sensació que dins del cervell de la Mireia hi ha hagut un clic que li ha encès un llum; per fi ha vist en Cèsar com el veig jo o com el veu en Marcel.

La Mireia s'alça molt lentament. En Cèsar l'observa amb un xic de sorpresa. La Mireia se'l mira amb una expressió de disgust molt profund i li diu:

—Vés-te'n, Cèsar. I mai més no te'm tornis a acostar.

En Cèsar, com si no s'adonés del que fa, deixa caure a terra els trossets de foto que encara li queden entre els dits. Els peus de la Mireia i en Cèsar queden recoberts de paperets brillants en els quals és impossible reconèixer-hi res. Tampoc en els ulls de la Mireia no s'hi pot reconèixer l'antiga devoció cap a en Cèsar.

Me n'alegro! Potser ha perdut una foto, però ha recuperat la seva llibertat i la seva dignitat. I jo, la meva millor amiga.

En Cèsar se'n va clavant un cop de porta que fa tremolar les parets de l'edifici.

7 de novembre

HAN PASSAT MÉS DE DOTZE hores d'ençà l'altercat a casa d'en Narcís i tres situacions es mantenen sense canvis. La primera, en Narcís i jo ens agradem i, de moment, això és tot. I ja és prou, perquè no tinc ganes que em demani per sortir ni de demanar-l'hi jo... almenys, de moment. Que una cosa és posar punt i final a les vacances sentimentals i l'altra, embolicar-se amb un paio en pla nòvios. Deixarem que vagin passant els dies i que els sentiments ens ajudin a decidir.

La segona situació: la Berta s'ha pres molt i molt esportivament l'interès que ens hem demostrat en Narcís i jo. Només m'ha dit: «per ser que no et volies enrotllar amb ningú durant un temps...». Però m'ha picat l'ullet i m'ha desitjat sort, a la vegada que m'explicava que, a la festa, va descobrir les gràcies d'en David, un noi que fins aleshores no havia remarcat.

I la tercera situació que es manté invariable és la determinació de la Mireia de no tornar a tenir relació amb en Cèsar. I, per això, la Berta, l'Elisenda i jo no la deixem de petja. No pas perquè no confiem que sigui capaç de mantenir-se ferma, que n'estem convençudes: a jutjar per la lluïssor dels seus ulls, li ha caigut la bena i veu en Cèsar tal com és, de manera que ja no hi ha marxa enrere. El problema és que en Cèsar no s'ho creu. I passa i torna a passar ben a la vora nostra per mirar d'acostar-se a la Mireia.

—Quin corcó! —diu la Berta.

—No em deixeu sola —mormola la Mireia.

Me la miro per saber si ho ha dit de debò o no. Em sembla que sí, que parla seriosament.

Em miro en Cèsar. És darrere d'una paperera sense perdre de

vista la Mireia ni un instant. Em recorda un caçador mirant de caçar un conill. Uix! Quina angúnia!

Podem protegir la nostra amiga al pati i a l'aula, però no per tota la ciutat. Espero que se sàpiga protegir ella sola.

—Vint SMS en tota l'estona de pati —ens diu la Mireia quan entrem a classe.

Un obsessiu, el paio. Se li acabarà gastant el polze.

A la tarda, tot just acabo d'arribar a casa i em fico a la meva habitació, en Marc entra en tromba.

—¿Vols un testimoni de violència infantil de primeríssima mà?

—¿De primeríssima? —demano, perquè no em puc imaginar ni la mare ni el pare ni les seves parelles actuant violentament contra ell, però aleshores ¿què vol dir primeríssima?

—Que ho he vist amb els meus propis ulls.

—D'acord. ¿I què? ¿Què és el que has vist?

—Les marques del cinturó damunt l'esquena de la Laura-Helena. Això ha estat a natació. Quan ha sortit dels vestidors per anar a la piscina, duia la tovallola posada per damunt de les espatlles, però la Mati l'hi ha fet deixar sobre les grades, i aleshores hem vist unes ratlles vermelles i inflades que li creuaven l'esquena. Quan la Mati li n'ha demanat l'origen, la Laura-Helena ha explicat que eren el resultat dels cops de corretja de la seva mare. Ho ha dit com si no fos pas res de l'altre món.

Testimoni 8

La Laura-Helena no és una noia d'aquí; ha nascut a Santo Domingo. Segons ella diu, a la seva terra els pares i les mares tenen tot el dret a treure's la corretja i pegar a les criatures quan les volen castigar i fer pujar dretes.

Segons en Marc, la Laura-Helena no havia comès cap falta gravíssima. Simplement, entre ella i el seu germà s'havien menjat un paquet de galetes que la mare tenia guardades per a tota la família.

D'acord que és de barruts menjar-se un dolç que ha de ser per a tots els de la casa, però el càstig ha estat desproporcionat i cruel.

I il·legal, li ha dit la Mati, la professora d'en Marc, a la mare de la Laura-Helena. La Mati li ha explicat que comprèn que a Santo Domingo hi ha unes normes diferents de les espanyoles a l'hora d'educar els fills, però que, com que ha vingut a viure aquí, cal que s'adapti a les nostres.

Dono les gràcies a en Marc, que en aquell moment s'alça per contestar el telèfon. Surt de l'habitació molt més de pressa del que és habitual en ell. Potser té una novieta i jo, sense saber-ho.

Torna a entrar a l'habitació amb l'inalàmbric a la mà.

—Per a tu. La Mireia.

El cor em fa un bot. Ostres! A veure si haurà fet les paus amb en Cèsar.

—¿Ell?

—Ell, sí. Però no hem fet les paus. No pateixis.

Respiro alleugerida.

—Això ni pensar-hi. Ho tinc claríssim. El problema és que ell, no. I em té fregida amb la seva insistència.

—¿T'ha trucat? Però... ¿No havíem quedat que desconnectaves el mòbil?

—I l'he desconnectat. Però quan he baixat de l'autobús per anar a casa, en Cèsar m'estava esperant uns metres més enllà de la parada. I, tot i haver-li dit que em deixés en pau, el paio m'ha seguit. I mentre caminava al meu costat, m'anava dient que podíem recomençar, que ja em perdonava...

—¿Que et perdonava? —estic tan indignada que cridaria... Bé, segurament he cridat perquè en Marc ha tret el cap per la porta amb aire esverat.

—Sí, que em perdonava el que havia passat a casa d'en Narcís. Que, de fet, sap que jo sóc molt feliç amb ell, tant com ell amb mi. I que si li deixo explicar-m'ho, em farà veure que estem fets l'un per l'altre.

—¿I penses donar-li l'oportunitat de parlar-ne?

—No. Però tampoc no sé com treure-me'l de sobre.

—Jo tampoc. Haurem de pensar alguna estratègia.

A la nit entro al blog d'en Gregor, a veure si hi ha algun nou document. Res de res. No sé si el partit encara no ha acabat i per això en Gregor no escriu res. O bé si ja fa estona que el xiulet ha posat el punt i final a la trobada esportiva i en Gregor és a l'hospital perquè ha fallat un penal.

8 de novembre

En Cèsar continua semblant un caçador. O un membre de les forces d'assalt!

—Sisplau —ens demana la Mireia, a l'hora de sortida—, acompanyeu-me fins a la parada, que tinc por.

Jo tampoc no estic tranquil·la; em sembla que el paio és capaç de provocar un conflicte si es troba sol amb ella. Per si de cas, doncs, l'escortem fins a la parada del bus.

Efectivament! En Cèsar l'està esperant. En veure'ns, mira cap a un altra banda, com si tot plegat fos casual.

—¿Saps què? —diu l'Elisenda—. Com que avui tinc temps, faré el recorregut amb tu, no sigui cas que aquest animal pugi a l'autobús si te'n vas sola.

La Mireia fa la mateixa cara que si li haguessin suprimit un examen de matemàtiques.

Quan arribo a casa em trobo una nota de la mare penjada a la nevera. Diu:

Hola, guapa, arribaré molt tard perquè tinc una reunió imprevista (no; no es tracta d'en Fernando, malpensada!). Sisplau, fes per sopar patata i mongeta i una truita. RES de pizzes!! Li dius, a en Marc, que es recordi de dutxar-se, que l'aigua no encongeix i que tinc la sospita que ahir només va fer veure que passava per la dutxa. T'he deixat damunt la taula un llibre sobre maltractaments infantils. Espero que et sigui útil.

Muac, muac i requetemuac.

Efectivament a la taula de la meva habitació hi ha el llibre esmentat a la nota. Em poso a llegir-lo. No és gaire llarg ni gaire espès. Tres hores més tard en puc fer un informe.

Informe 7

Els maltractaments a nens i nenes són el resultat —també!— d'una relació de poder. Els adults, especialment el pare i /o la mare, es consideren fins a cert punt propietaris de les criatures, raó per la qual pensen que estan en el seu dret d'aplicar els càstigs que considerin oportuns per corregir determinats comportaments.

Com en el cas de la violència de gènere o l'escolar, els maltractaments poden ser:

• Físics: bufetades, pessigades, corretjades, pallisses, cremades...

• Psicològics: burles, humiliacions, menyspreu, amenaces, abandonament, soledat, negligència en la higiene, la salut, el menjar, els estudis, el vestir...

• Sexuals: petons, abraçades, tocaments, carícies íntimes, obligar a veure pornografia, a tenir relacions sexuals...

Després de llegir aquest llibre, decideixo que he d'investigar una mica més en el terreny dels abusos sexuals en la família. ¿Com pot ser que, posem per cas, un pare forci una filla a tenir relacions sexuals amb ell? Em sembla inaudit que pugui passar una cosa així. Aprofitaré el messenger i en parlaré amb l'Octàvia.

Notes per al treball de recerca 6

És clar que la família patriarcal, amb un pare que té la màxima autoritat, és l'origen de tota la violència, tant la infantil com la de gènere.

Mai no hauria cregut que una forma de maltractaments infantils fos l'abandonament que pateixen alguns nens i nenes. Hi ha criatures de tan sols sis o set anys que es passen la tarda soles a casa, esperant que tornin de treballar el pare o la mare.

D'altra banda, acabo d'adonar-me que la Naji, una marroquina que va estudiar primària amb mi i va haver de deixar els estudis per ocupar-se dels seus germans i germanes, va patir també una forma de violència: negligència dels seus pares respecte del seu dret de rebre instrucció. I el que és pitjor, sense formació, l'únic futur que li espera és acceptar un matrimoni pactat per la família, tal vegada amb un home molt més gran que ella; qui sap si amb un paio que ja té una altra dona...

Mentre m'espero que en Marc es dutxi —o ho faci veure!—, m'assec a davant del PC i em connecto. Tinc un missatge de l'Octàvia per parlar pel messenger. Veig que ara no hi és però que tornarà a treure el cap d'aquí a una hora; hi seré, com un clau...

També veig que tinc un missatge de la Carmina. Em proposa d'anar al seu consultori si vull conèixer una dona que, de nena, va ser violada pel seu avi. Ostres! Se'm posa la pell de gallina. Només d'imaginar-m'ho em marejo. ¿És possible superar una experiència tan bèstia com aquesta? Contesto a la Carmina que sí, que m'interessa molt poder incorporar aquest testimoni al meu diari.

A veure si el meu germà ha acabat...

—Maaaaaarc!

En Marc entra a la meva habitació, embolicat amb el barnús i amb els cabells mullats.

—¿T'has dutxat, reiet de la casa?

—M'he dutxat, poca-solta. Em vaig a posar el pijama —diu, sortint molt dignament.

—Au, va, ràpid! —li crido, mentre entro al blog d'en J. per fer temps.

Gregor Samsa 7

Blog: Memòries d'un escarabat miserable

El meu equip va perdre per culpa d'un penal fallat. I jo estic feliç, exultant, encantat de la vida, agraïdíssim als déus que m'han fet aquest regal. Anàvem tres a tres perquè el porter contrari era tan dolent com jo i no va parar cap pilota. A la pròrroga ens van fer un gol més a cada un. No va quedar altre remei que anar a penals. Aviat portàvem camí de tornar a quedar empatats perquè, altre cop, no érem capaços de parar-ne cap. El públic rugia de ràbia. Els nostres equips, de desesperació. I jo suava la cansalada pensant en la panadera que, més tard, em clavaria el bèstia de l'Aníbal. Amb això que l'últim penal l'havia de xutar justament l'Aníbal. El paio es prepara, agafa embranzida, li clava puntada de peu a «l'esfèric» i... meravella de meravelles, falla el penal! Falla el penal! I dóna la victòria a l'equip contrari. L'entrenador i el meu equip se l'haurien menjat de viu en viu. Però jo em sentia a la glòria. Li hauria fet un monument enmig del camp. Quan hem entrat als vestidors, els companys i l'entrenador no s'han estat de dir-li el nom del porc.

A mi el paio ni m'ha mirat.

Espero que aquest esdeveniment canviï el curs de la meva vida!

Li deixo un comentari:

Felicitats, Gregor. Jo també ho espero. M'agradarà que me n'expliquis la continuació.

Ho ha dit spiderwoman el 8 de novembre a les 21:24.

—Ja estic llest —diu en Marc, clenxinat i repentinat com poques vegades—. A més, he parat taula.

Me'l miro amb suspicàcia. ¿Em deu voler demanar alguna cosa?

Però no, resulta que simplement té el dia germà-encantador-que-fa-favors.

Mentre ens mengem la verdura i la truita, li explico en quin punt del diari blau em trobo.

—Ei! Doncs tinc una cosa per a tu —em diu i surt de la cuina. Quan torna porta el diari a la mà.

—Mira —em diu—. Porta una entrevista amb el coordinador de l'estudi de l'ONU sobre violència infantil al món. Llegeix, llegeix...

—Una societat que es mobilitza pels animals i pega als nens té un problema —llegeixo. I penso que té raó.

Segons ell, la majoria de pares o mares que peguen a la canalla ho fan per una de les raons següents o per totes tres alhora.

Primera: perquè tenen una idea autoritària de la família. O sigui, el «tu ets meu i em deus la vida» o bé «l'aquí mano jo i s'ha acabat el bròquil».

Segona: perquè necessiten desfogar-se en un moment de nervis. O sigui, el «si caus, et clavaré una cleca».

Tercera, per ignorància, ja que no saben educar els seus fills de cap altra manera. O sigui, el «una bufa a temps arregla moltes coses», quan, de debò, els cops no ensenyen res.

—¿Me'l deixaràs llegir? —em demana en Marc.

Li passo el diari.

—No, nena! El que vull llegir és el *teu* diari blau.

—Encara no l'he acabat però ja em queda molt poc. Vine i te'n dono una còpia.

Anem cap a l'habitació. Quan li poso a les mans tots els folis, li dic que s'accepten suggeriments per millorar-lo.

—I, sobretot, s'accepten solucions per desmuntar la violència, sigui escolar, de gènere o infantil.

En Marc em pica l'ullet:

—Si fos tan fàcil, algú ja hi hauria trobat remei.

Quan surt de l'habitació, m'assec a l'ordinador i comprovo que l'Octàvia està connectada al messenger.

«Carlota» Uhu! Sóc aquí!

«Octàvia» Benvinguda! ¿En quin punt del teu diari blau et trobes?

«Carlota» En un punt molt escabrós: l'abús sexual a menors per part d'un membre de la família.

«Octàvia» Ui! Això normalment s'ha considerat un tabú. Segons el diccionari, tabú és allò de què no es pot parlar per una qüestió de convencions socials.

«Carlota» Ah! Que fàcil; no se'n parla i així no existeix, i els adults poden continuar fent mal a les criatures amb total impunitat.

«Octàvia» Exacte! Això és el que ha passat durant segles, i encara passa. Un pare, un oncle, un avi —generalment, els abusadors són homes— abusa de la seva filla —habitualment, les víctimes són nenes— i, moltes vegades, tothom mira cap a un altre cantó.

«Carlota» Ostres! No m'ho puc creure.

«Octàvia» Creu-t'ho! O sigui, que l'abús dins de la família no es pot considerar un tabú sinó que és un delicte, i dels grossos.

«Carlota» ¿I per què s'ho deixen fer, les nenes? ¿per què no es revolten?

«Octàvia» ¿I per què mengen sopes les nenes? Perquè els grans els ho manen i elles obeeixen. Els nens, també, esclar, tot i que hi ha molts menys nens abusats i poquíssimes dones abusadores.

«Carlota» Ja veig que això de ser un bon nen o una bona nena no sempre és una bona idea.

«Octàvia» No sempre. En qualsevol cas, és important que les criatures sàpiguen que situacions d'aquestes poden tenir lloc i que cal que es defensin. El cos d'una nena o d'un nen és seu i només seu. Ningú més —sigui la mare, el pare, l'avi o un professor— hi té cap dret. El mateix, esclar, amb el cos d'un nen.

«Carlota» Però ¿com pot ser que un pare o un avi o un oncle... En fi, un adult molt més gran s'aprofiti sexualment d'una criatura que, a més, és parenta seva? ¿Estan bojos els que fan això? ¿Són malalts?

«Octàvia» No, no tots. La majoria són gent normal i corrent. Poden ser un veí teu o el carnisser o el director del banc o el capellà de la parròquia. Gent de la qual mai no pensaries que poguessin tenir un comportament com aquest.

«Carlota» I, doncs, ¿per què ho fan?

«Octàvia» Per culpa de les idees.

«Carlota» Ostres! ¿Un altre cop la culpa és de la cultura?

«Octàvia» Doncs sí. Aquest comportament és una vegada més una expressió de domini: «jo puc perquè em pertanys». De fet, per doblegar la víctima als seus desitjos, sovint no fan servir la violència sinó el xantatge emocional...

«Carlota» ¿Per exemple?

«Octàvia» «L'avi està molt sol i necessita una néta com tu, que l'estimi molt i molt».

«Carlota» Ecs!

«Octàvia» Però també es poden utilitzar els enganys, per exemple: «Això que fem és normal entre un pare i una filla que s'estimen molt; no té res d'estrany». I també les amenaces: «Si no ho fas, li faré a la teva germana petita o faré mal a la teva mare...».

«Carlota» Que terrible!

«Octàvia» I les nenes —alguns nens, també— es troben dividides entre sentiments contradictoris. El seu instint, que els diu que allò és estrany i incorrecte. El que han après: obeir els adults. La seva lleialtat a la família, que no volen que es trenqui per culpa d'ells. I, de vegades, fins i tot, el plaer involuntari que poden experimentar en la relació sexual, cosa que crea molt sentiment de culpa.

«Carlota» Ostres! Al damunt sentiment de culpa.

«Octàvia» Doncs sí, ja ho has vist en altres ocasions: les víctimes sempre tenen sentiment de culpa. Precisament, és un sentiment que se'ls inculca culturalment. Si t'ha passat això, és perquè tu t'ho has buscat. I al damunt si has experimentat plaer... ja et pots imaginar com n'és de terrible l'experiència.

«Carlota» A mi em sembla que em faria molt fàstic...

«Octàvia» Això és el més freqüent: fàstic, ràbia, dolor... En qualsevol cas, sempre associat al sentiment de culpa. I ha de quedar molt clar: la víctima no és culpable de res. L'únic culpable és l'abusador.

«Carlota» ...

«Octàvia» A més, les víctimes es veuen involucrades en allò que estan fent perquè se senten obligades a protegir l'abusador —no oblidis que pot ser el seu pare, a qui, d'altra banda s'estimen com a pare!—, a la vegada que protegeixen la família.

«Carlota» Un embolic terrible. ¿I els abusos en la família sempre són una relació sexual amb penetració?

«Octàvia» Nooooo. En absolut! Qualsevol cosa que fa un adult amb una criatura per excitar-se sexualment, encara que no hi hagi activitat sexual, ja és abús. Per exemple, exhibir-se despullat o ferli veure fotografies o pel·lícules d'activitats sexuals.

«Carlota» ¿Fer-li carícies sexuals o demanar-li'n?

«Octàvia» Exacte. I, per descomptat, mantenir-hi relacions, ja es tracti de sexe vaginal, oral o anal.

«Carlota» ¿I a quina edat els passa això, als nens i nenes que pateixen abusos sexuals?

«Octàvia» Malauradament l'abús pot produir-se a qualsevol edat. Hi passen criatures d'un any, de dos, de sis, de deu... De qualsevol edat. I el que és pitjor és que no són fets aïllats, sinó que es mantenen al llarg dels mesos i sovint al llarg dels anys.

«Carlota» Que bèstia!

«Octàvia» En realitat, sovint, l'abús sexual és conseqüència de la violència familiar. Com més violència hi ha en una família, menys capacitat per mirar l'altre com una persona i més possibilitats que es vegi l'altre com una cosa amb la qual satisfer les pròpies necessitats.

«Carlota» ¿I què es pot fer perquè els nens i les nenes abusats puguin sortir-se'n? O encara millor: perquè no hagin de patir abusos.

«Octàvia» Com en el cas de la violència de gènere o l'escolar, cal fer visible el problema. En el moment en què la societat tingui clar que això passa, i passa molt sovint, les mateixes víctimes seran més conscients que poden revoltar-se.

«Carlota» Revoltar-se ¿com?

«Octàvia» Pensa que l'última cosa que vol l'adult és ser descobert, per tant, n'hi ha prou que una possible víctima digui amb veu molt ferma —cosa gens fàcil, és cert—: «No em toquis». O bé: «no vull fer-ho». Per això és molt important que nens i nenes tinguin clar que el seu cos els pertany i ningú no hi té cap dret.

«Carlota» Sí, però no és fàcil dir «no» al teu pare o al teu oncle.

«Octàvia» No, no ho és, entre d'altres raons perquè l'educació que ens donen ens empeny a dir «sí», especialment a les noies. Per això resulta tan important que les criatures aprenguin també a dir que no.

«Carlota» ¿Algun altre suggeriment?

«Octàvia» Sí. Cridar! Si no funciona el «no», pot funcionar cridar fins que mobilitzis algun altre adult que et pugui ajudar.

«Carlota» I si l'abús ja s'ha produït, ¿què és pot fer?

«Octàvia» Buscar algú en qui puguis confiar i parlar-ne. Per exemple, la teva mare, una germana gran, la teva àvia, una professora...

«Carlota» No ha de ser fàcil explicar-ho.

«Octàvia» No, sobretot perquè tampoc no és fàcil escoltar-ho. Saber que una criatura ha estat víctima d'abusos crea molta angoixa en l'adult que ho sent. Però és imprescindible que qui ho escolta sigui capaç de donar suport a la víctima. I ajudar-la vol dir creure's el que diu, desculpabilitzar-la, buscar ajuda professional i denunciar l'abús.

«Carlota» ¿I si no tens ningú de confiança?

«Octàvia» Pots recórrer a alguna organització que t'ajudi. Per exemple, FADA, una associació creada especialment per ajudar les persones que han patit abusos sexuals infantils. L'adreça electrònica és: http://www.fada.voluntariat.org/

—Carlota!

—Ei! Quin ensurt, mare!

—Filla, si és que sembla que estiguis dins de l'ordinador i no pas a l'habitació!

—Ara acabo... Estava parlant amb l'Octàvia.

—Doncs sí, vista l'hora, potser que talleu la comunicació sinó la teva tia acabarà escrivint molts missatges electrònics i moltes converses de messenger, però poques novel·les.

«Carlota» T'he de deixar, Octàvia.

«Octàvia» Ah! Doncs moltes gràcies per retornar-me la llibertat. :-D

9 de novembre

Avui no he pogut quedar-me per acompanyar la Mireia. Confio que l'Elisenda i la Berta se n'encarreguin; jo me'n vaig al despatx de la Carmina a conèixer la Sole, la dona que va patir abusos sexuals quan era una nena.

Quan la Carmina em presenta la Sole, em quedo ben parada: és normal i corrent. Vull dir que és una dona d'uns trenta anys, bonica i riallera. Me la quedo mirant amb la boca oberta.

—¿T'imaginaves que seria diferent? —em pregunta.

Empasso saliva i li dic que sí; creia que em trobaria davant d'un ésser torturat.

—¿D'una assassina en sèrie, potser? ¿Una piltrafa? Doncs ja veus que no, que sóc una dona com la Carmina. Una experiència tan traumàtica com l'abús sexual també es pot superar, sobretot si en pots parlar i t'escolten.

—I et creuen —afegeix la Carmina—. Això és fonamental per a les víctimes. De tota manera, val a dir que hi ha moltes dones que han passat per aquesta experiència i no han estat cregudes o no han rebut ajuda i han quedat marcades.

Testimoni 9

La Sole va començar a patir abusos sexuals per part del seu avi quan tenia quatre anys. Diu que, des de la primera vegada, va sentir un fàstic terrible i que encara ara és capaç de reviure aquella repugnància amb la mateixa intensitat i la mateixa angúnia. Els abusos van durar d'ençà els seus quatre anys fins que en va fer nou.

Als nou anys, l'escola els va proporcionar unes sessions d'educació sexual, on els van explicar que els adults no tenien cap dret a disposar del cos de les criatures. Aleshores, ella va adonar-se d'allò que, dins del seu cervell, ja planava: el seu avi feia una cosa mal feta i no estava autoritzat a fer-la. Va decidir que no l'hi tornaria a permetre mai més. De manera que, el cap de setmana següent, quan els pares les van deixar, a ella i la seva germana, a casa dels avis, ja havia decidit l'estratègia que adoptaria. L'avi també en tenia una, d'estratègia; la de sempre al llarg d'aquells anys. Mentre l'àvia jugava al parxís o a qualsevol altre joc quiet amb la germana petita, ell s'enduia la Sole al seu despatx amb l'excusa de completar la col·lecció de segells o de mirar llibres d'art. I allí, damunt del sofà tenien lloc els abusos. Però, aquesta vegada, just quan l'avi li va posar la mà al damunt, ella va començar a cridar com una ximple, tant que s'assemblava al protagonista del *Tambor de llauna*, que trencava els vidres amb els seus xisclets esparverants. L'àvia, esverada, va anar-hi corrents i, quan la Sole li va explicar que es trobava malament, la va fer estar-se amb ella i la germaneta. Aquell cap de setmana, l'avi ja no ho va tornar a intentar.

Des d'aleshores i durant alguns dissabtes, la Sole va adoptar la mateixa tàctica. I així va aconseguir que l'avi la deixés en pau... Només que, aleshores, es va buscar una substituta: la néta petita. La Sole, però, no va trigar gaire a adonar-se que la seva germana estava sovint trista i plorosa, sense ànims per fer res, de molt mal humor. Esclar, no va tenir cap dificultat per lligar caps. Amb molt de tacte va aconseguir que la seva germana li confessés el que li passava i van decidir explicar-ho a la seva mare.

¿El pitjor d'aquesta història? La reacció de la mare, que va amagar el cap sota l'ala i va estimar-se més «no remenar-ho, per no donar un disgust a l'àvia».

—O sigui —diu la Sole—, s'estimava més que el disgust el tinguéssim nosaltres. Em vaig sentir tan malament quan vaig adonar-me que la meva mare no em defensaria...

—Comprenc el teu sentiment —diu la Carmina—, però ja t'he explicat altres vegades que, per altres coses que m'has explicat, és evident que la teva mare patia violència psicològica a mans del teu pare i estava completament anul·lada. En aquestes condicions una dona està bloquejada i no pot reaccionar. Per fer-ho, primer s'ha de poder reconèixer com a víctima.

La Sole fa que sí amb el cap.

—Per sort —continua la Carmina—, quan van arribar a l'adolescència, la Sole i la seva germana van topar amb una terapeuta que les va ajudar molt.

Uf!, penso; has d'estar molt anul·lada com a persona per no posar-te al costat de la teva filla en una situació com aquesta. De fet, has d'estar totalment destruïda. Sento compassió per la Sole i la seva germana i també per la seva mare.

10 de novembre

La Mireia m'està esperant per explicar-me que en Cèsar li ha enviat una carta sense signar. S'afegeix a la conversa l'Elisenda.

—Dona, i si no està signada, ¿com saps que és d'ell? —diu l'Elisenda.

La Mireia s'impacienta.

—Esclar que ho és. Llegeix-la i te n'adonaràs.

En Cèsar li expressa el seu amor de manera molt abassegadora. Després suplica que refacin la relació. Una pàgina més tard la pressiona perquè reconsideri la seva decisió. I afegeix que pensa en el suïcidi. I, cap al final, amenaça vagament la integritat de la Mireia.

—Uf! Quina por —diu l'Elisenda.

—Aquest paio està com una regadora —diu la Berta, que s'ha afegit al grup—. Sembla un drogata amb un mono d'aquí a Sebastopol.

—Ei! És veritat —dic jo—. Aquest paio té la síndrome d'abstinència... de la Mireia.

—Doncs que se'n vagi a un dispensari a buscar metadona —diu la Mireia, empipada.

—Tranquil·la —li dic—. Avui t'acompanyaré jo a casa.

Arribo a la meva força tard, però la mare encara no hi és. Vés a saber quin n'és el motiu «imprevist». ¿Una reunió de feina o una trobada romàntica?

Encara no m'he tret la jaqueta ni he deixat els llibres, que en Marc entra a la meva habitació. Duu els cabells esbullats i mullats. S'asseu al damunt del meu llit.

—Carinyuuuu —li dic—, ¿que li has agafat el gust a passar per la dutxa?

—Vinc de natació, carallot. I si no deixes de fer-me la guitza, no t'explico què ha passat avui a la piscina.

—Em portaré bé —li dic, obedient.

—S'ha presentat el pare de la Sihem per endur-se-la.

El que m'explica en Marc aleshores es converteix en un testimoni.

Testimoni 10

La Sihem ha hagut de vestir-se precipitadament i sortir fora dels vestuaris, on l'esperava el seu pare parlant amb la professora. Per molt que la Mati mirava de fer entendre a l'home que aquella era una classe obligatòria i que l'esport és sa, el pare no baixava de l'ase. Segons ell, la Sihem no pot fer esport perquè ell considera una indecència que vagi en banyador davant dels nens de la classe d'en Marc. La Sihem, doncs, es perd la natació. I això és una forma de violència perquè no li permet tenir una formació completa.

—Sóc aquí! —crida la mare.

En Marc i jo sortim a rebre-la.

—Ja era hora, parrandera —li dic.

La mare dóna una safata a en Marc i a mi m'allarga un paper:

—Per fer-me perdonar el retard —diu amb veu falsament compungida—. Lassanya per sopar. I per a tu, Carlota, documentació per al teu diari.

Mentre en Marc para taula, copio les dades que m'ha portat la mare.

Estadístiques i dades 4

Es calcula que el 70% d'homes que maltracten les seves dones també maltracten els seus fills i filles.

En els últims dotze anys, a l'Estat espanyol han mort 77 nens i nenes a mans dels seus pares.

A l'Estat espanyol:

- un 23% de nenes abans dels 17 anys pateixen abusos sexuals, o sigui, gairebé una de cada quatre.
- i aproximadament un 15% de nens abans dels 17 anys també en pateixen.
- el 85% dels agressors són persones conegudes.

En els casos d'abusos sexuals a menors dins de la família:

- els agressors són majoritàriament homes: un 97%.
- les víctimes, gairebé sempre nenes: un 92%.

Tot i que és una obligació social i legal denunciar els abusos sexuals contra nens i nenes, moltes vegades, sobretot quan es produeixen dins de la família, s'amaguen:

- si l'agressor és el pare o un altre familiar, només un 6% de víctimes ho denuncia.
- si l'agressor és un desconegut, un 83% de les víctimes ho denuncia.

13 de novembre

HEM ESTAT TOT EL CAP DE SETMANA al Montseny, a casa dels pares de la Lídia. Ens ho hem passat pipa collint bolets i castanyes i cuinant els fruits de la tardor. Hem bullit espaguetis i els hem barrejat amb els ceps tallats a làmines i saltats amb mantega. Els rovellons, els hem fet a la brasa. Les castanyes les hem cuites al caliu a l'hora de sopar. La Lídia ha dit que si l'endemà l'acompanyàvem a buscar cireres d'arboç, en podíem fer melmelada. Però li hem respost que ja havíem satisfet les ànsies pageses i culinàries, que ens estimàvem més jugar a l'escrable. El diumenge, plujós i ventós, l'hem passat al davant de la xemeneia jugant a jocs quiets. Quan ha estat l'hora d'agafar el cotxe i tornar, m'he adonat que el cap de setmana havia volat i jo no m'havia recordat d'escriure res al diari blau. I això que, abans de Nadal, el vull tenir acabat per tenir resolt, també, el treball de recerca. Treure-me'l de sobre serà un descans que em permetrà dedicar-me a estudiar bé matèries que m'interessen molt per entrar a la universitat. Ho tinc clar: vull fer la carrera de físiques per especialitzar-me en astrofísica.

Quan arribem a casa del pare, endreço la meva bossa en un temps rècord per ser la primera a poder utilitzar l'ordinador, amb gran mosqueig per part d'en Marc.

—No sé com t'ho fas, reina. Sempre t'hi trobo ficada de cap.

—Una que és ràpida... No com tu, que vas sempre a pas de tortuga coixa.

En Marc em fa llengotes i s'allunya rondinant respecte al meu comportament abusador.

—Te'l deixo de seguida! —li crido—. Només és un moment.

En Marc torna sobre les seves passes. Mentrestant, tinc temps de comprovar que en Gregor no ha penjat encara cap altre document al seu blog, que no hi ha cap amiga connectada al messenger i que tinc un missatge de l'Octàvia. M'envia una nova regla d'or i m'avisa que el pròxim divendres ve a Barcelona a fer una conferència i que em portarà el regal que em va comprar a Londres. Que bé!

REGLA D'OR 5 DE LES RELACIONS

Un cop hagis decidit trencar una relació sentimental que no t'interessa, comunica-ho a l'altre explícitament una sola vegada i, després, sigues consistent. Si reps 10 SMS i no contestes els 9 primers, però contestes el que fa 10, estàs encoratjant l'altre a continuar.

—¿Què? ¿Acabes?

—Acabo, sí, plom! Tot teu —dic cedint-li el lloc al davant de la pantalla.

Abans d'entrar a l'habitació, topo amb la Lídia.

—¿Em fas un favor, Carlota?

Dic que sí, esclar. ¿S'entendria que m'hi negués, que contestés que em fa mandra? No, no s'entendria. Ella també me'n fa molts, a mi, de favors.

—Puja a casa de la Laura. La seva mare ens va deixar el trepant i encara no li hem tornat.

Ves per on, el favor em sortirà molt a compte! Li demanaré, a la Laura, com està la seva amiga Clara.

—En procés de desintoxicació —em respon la Laura, mentre m'agafa el trepant i el desa en un armari al costat de la caixa de les eines—. Vine.

La segueixo fins a la cuina, que és el seu lloc preferit.

—¿Un te?

—Si és vermell, sí. No vull que em tregui la son.

—Vermell per a tu i un te earl grey per a mi —diu.

—Ets una addicta al te —li dic.

Es posa a riure.

—Almenys no ho sóc als amors impossibles.

Prepara les tasses, ens asseiem a la taula i m'explica com està la Clara.

—El paio l'ha deixada per una altra.
—Així és la vida.
—Efectivament. Però ella ho viu com si fos la fi del món perquè hi estava enganxada.
—Per això dius que està en procés de desintoxicació.
—Forçosa, esclar. I ho viu dramàticament. Aquesta és la pega de l'amor romàntic. En primer lloc, veus l'altre com a irrepetible.
—L'estimes més que a tu mateixa —dic jo recordant les paraules de la Clara.
—I el veus com el teu salvador: el teu amant, el teu mestre, el teu pare, el teu déu... —diu ella mentre fica tres culleradetes de te a la tetera.
—O sigui, tot menys un company amb qui tens una relació d'igual a igual.
—Exacte. L'idealitzes. El veus molt superior a tu, a anys-llum de tu. Imagines que és únic al món. T'hi dediques amb devoció, encara que ell et faci mal, encara que vagis perdent l'autoestima... El necessites més i més. I al final, quan et deixa, ho vius com una pèrdua irreparable.
—¿I creus que es desintoxicarà, la Clara?
La Laura fa un gest escèptic, treu l'aigua calenta del microones i l'aboca a la tetera.
—Suposo que d'aquí a un temps s'enganxarà a una relació similar.
—I tornarà a començar tot el cicle.
—Sí. O no en trobarà cap per substituir-la i es destruirà ella per sempre. O bé, amb molta sort, arribarà a desprendre's d'aquesta idea absurda de l'amor i recuperarà les ganes de viure i de ser ella mateixa.

14 de novembre

La Mireia està construint una muralla de no-tecnologia al seu voltant: mòbil desconnectat, ordinador apagat, telèfon despenjat...
—La meva mare ja estava fins a les pestanyes de dir a en Cèsar: «la Mireia no és a casa» —explica.

Al pati, som les companyes i alguns companys els que fem de muralla. En Narcís també en forma part. En Narcís cada dia m'agrada més; sobretot perquè es manté respectuós amb la meva calma sentimental.

—Que ve, que ve! —diu l'Elisenda.

I totes i tots correm a envoltar la Mireia.

En Cèsar veu la muralla i abandona el seu objectiu; s'allunya del grup.

Sona el timbre de començament de les classes. Toca anar al laboratori amb en Badia. A mi, el laboratori m'encanta.

—Tens tanta sort! —diu la Mireia—. Jo no el suporto.

—És que t'hi poses de cul —li dic.

—M'hi poso de cul perquè no el suporto, i no pas a l'inrevés.

L'estona de pràctiques passa en un pensament... almenys per a mi.

Baixem a classe de socials amb la Luci. Dos segons després que la Luci aconsegueixi que callem, la Mireia alça la mà.

—¿Digues?

—M'he deixat l'estoig al laboratori.

La Luci posa els ulls en blanc.

—Oh! Quina creu! No hi ha manera de tenir-vos mai a punt per treballar. Vés-lo a buscar. I afanya't perquè jo tiro milles amb el tema d'avui.

La Mireia surt de classe. I la Luci ens parla de la Declaració dels Drets Humans.

El tema m'interessa. M'hi vaig quedant enganxada sense gairebé adonar-me'n. Aquesta és una de les gràcies de la Luci: capta la nostra atenció sense esbroncar-nos.

¿No triga massa, la Mireia?, em demano tot d'una, sobresaltada. M'adono que se m'ha accelerat el pols. No pot ser!, penso. No pot ser que estigui tan amoïnada per la seva seguretat que un petit retard, justificat segurament per les ganes de perdre's una estoneta de classe, em posin el cor com una locomotora. Decideixo continuar prenent apunts i deixar de banda els estúpids fantasmes que poblen el meu cap.

Només he escrit dues línies, quan el company que tinc al costat em fa arribar un paperet doblegat. El desdoblego. És de la Berta. Diu: «¿No fa massa que la Mireia se n'ha anat?».

Llegir-ho i posar-se'm el cor a la gola és tot un. Miro la Berta. Alça les celles amb preocupació. Aleshores recordo que els de segon A avui tenen esport i que, per tant, en Cèsar és molt lluny del laboratori. A la Mireia no li pot haver passat res. Ho escric en un altre paperet que doblego i faig arribar a la meva amiga.

La Berta el llegeix i m'escriu la resposta. «En Cèsar es va cascar els lligaments del genoll esquiant i no pot fer esport durant un mes».

Els pèls se'm posen de punta novament. Tant se me'n dóna per què la Berta té aquesta informació que jo no tinc. El cas és que de nou experimento por per la meva amiga.

Observo la Berta amb ansietat. Ella em torna la mateixa mirada. L'Elisenda també ens observa amb un gest amoïnat. I en Narcís, i en Marcel, i en Gabi...

Potser estem desenvolupant una paranoia col·lectiva, em dic. O potser no: potser la Mireia es troba en perill. No tinc temps de reaccionar que la Luci hi intervé:

—Suposo que deu ser molt important tota aquesta conversa que manteniu a través dels paperets. Més que no pas la Declaració dels Drets Humans, esclar.

Està empipada. Es nota. Però es nota també que l'expressió de les nostres cares li canvia els sentiments de cop.

—¿Passa alguna cosa? —demana, en un to completament diferent.

Li dic que sí, no li explico què, però demano permís per sortir de l'aula i l'obtinc sense cap entrebanc.

Surto al passadís, corro fins a les escales, pujo els graons de dos en dos, accedeixo al segon pis i, abans no arribo a la porta del laboratori, sento uns sorolls esmorteïts. Encara que estic tremolant, no m'ho penso ni dos nanosegons: obro la porta d'una revolada i veig en Cèsar damunt la Mireia, que té la boca tapada amb un manyoc de cel·lulosa de la que fem servir al laboratori i els ulls esbatanats per la por. Cap dels dos ha notat la meva presència. Palplantada a la porta, no arribo a veure què fa en Cèsar: ¿li parla, la bufeteja, prova de violar-la? No ho sé. No m'entretinc a esbrinar-ho. Trec el cap per la porta i crido a qui pugui escoltar-me passadís enllà:

—Foc!

Aleshores tot passa tan de pressa que no serà fins més tard, quan ja sigui al llit, que podré reconstruir l'escena.

Primera. ¿Per què xisclo «foc» i no pas «auxili»? Doncs perquè no fa ni dos dies, un veí em va comentar que, si algun cop et trobes en dificultats, el millor per cridar l'atenció és la paraula «foc»; això fa que la gent reaccioni immediatament.

Segona. La gent, efectivament, reacciona a velocitat supersònica. No sé si perquè he dit «foc» o si ho hagués fet en qualsevol altre cas. En un pensament, hi ha dues professores i un professor al laboratori, alliberant la Mireia i reduint en Cèsar, que, per cert, tampoc no sembla necessitar cap mena de reducció, perquè està mansoi, com un be.

Tercera. Noto que la porta del laboratori s'està omplint d'alumnes amb curiositat evident pel que s'esdevé al laboratori.

Quarta. En Cèsar, sense cap mena de convicció, mira de justificar-se.

—Jugàvem —diu. I hi afegeix—: Ella hi estava d'acord.

Cinquena. Sense el tap de paper a la boca, la Mireia deixa anar un plor convuls que no juga a favor de les explicacions d'en Cèsar, sinó tot al contrari. La Mireia se m'abraça. Jo la premo fort contra el meu pit.

—Quina por! —diu en veu baixa.

—Acompanyeu-me al despatx de direcció —mana una de les professores amb una veu glacial.

—No, sisplau —suplica la Mireia—. Amb ell no. Fes-me anar on vulguis, però sense ell.

La professora intercanvia una mirada amb els seus companys.

—D'acord. Noi, ¿com et dius? —demana.

—Cèsar.

—Cèsar, tu véns amb mi a direcció. I tu...

—Mireia —dic jo, perquè la Mireia no pot parlar.

—Tu, Mireia, vés a la sala de lletres i espera la teva tutora —indica amb una veu més suau—. Per cert, ¿qui és?

—La Candela —responc jo, perquè la Mireia només plora.

—Vaig a avisar-la —diu el professor.

—Tu acompanya-la —em demana, ara amb una veu molt més dolça.

Sisena. La professora que no s'ocupa ni de l'un ni de l'altra, és l'encarregada de fer tornar el públic a les aules.

—A classe. Això s'ha acabat. Au, va, de pressa.

Setena. De camí cap a la sala i un cop allí, mentre esperem la Candela, la Mireia no fa altra cosa que plorar i plorar. Jo no sé què fer per tranquil·litzar-la. Només li puc agafar la mà i abraçar-la.

I vuitena. Per fi, arriba la Candela, que es fa càrrec de la situació i aconsegueix que la Mireia es moqui i plori de manera menys convulsa. Aleshores, és capaç d'explicar-nos l'agressió que ha patit a mans d'en Cèsar. No sap com podria haver acabat, però sap com ha començat: amb súpliques i bones paraules per part d'ell. I també sap com ha continuat així que ella ha volgut fugir del laboratori: en Cèsar li ha barrat el pas; li ha entatxonat la cel·lulosa a la boca; li ha retorçat un braç per darrere l'esquena per mantenir-la immobilitzada; i li ha dit: «Ara sabràs el que és bo, guarra». Aleshores, he arribat jo.

15 de novembre

Ara per ara només puc parlar amb la Mireia per telèfon, i encara... Segons la seva mare, ha de descansar. Diu que demà passat ja la podré visitar. De fet, la Mireia —cosa sorprenent!— té molt poques ganes de xerrar, només diu que està confusa i que li fa mal tot el cos, com si hagués jugat un partit molt important.

16 de novembre

—Una notícia, Carlota —diu la mare entrant a la meva habitació amb el diari a la mà—. Sobre violència.

La notícia posa els pèls de punta: dos nois de 18 anys i un de 17 d'un barri benestant de Barcelona han estat detinguts per clavar una pallissa i cremar viva una indigent que dormia en un caixer d'una oficina bancària. Segons sembla, van confessar entre llàgrimes als Mossos que «se'ls va escapar la mà» i que no pretenien fer tant mal a la víctima.

—Increïble, ¿oi? I sobretot que els paios es justifiquin dient que se'ls va escapar la mà. O sigui que no la volien matar només deixar-la mig morta —dic, esgarrifada.

La mare em dóna la raó movent el cap.

Continuo llegint: l'intendent dels Mossos, després d'aclarir que els joves van triar la seva víctima a l'atzar, diu que no hi ha cap explicació raonable pel seu acarnissament i que, en tot cas, van començar a fustigar la indigent «per divertir-se, per molestar» una nit en què havien quedat per sortir de festa. Diu ell: «La seva actitud em sembla inexplicable, incomprensible».

—Actitud inexplicable... —diu la mare.

—Força, ¿no creus? —dic jo.

—Potser, sí —diu la mare, pensativa. I afegeix—: Potser caldrà que ens preguntem com es produeix l'aprenentatge.

La miro perquè no sé on vol anar a parar.

Ella continua:

—¿L'aprenentatge només és l'escola i la família o també ho són tots els altres missatges que rebem? Pel·lícules violentes, videojocs sanguinaris, lletres de cançons humiliants, webs pornogràfiques, saber que el cos de les dones es pot comprar...

17 de novembre

La directora ens ha reunit a la sala d'actes. Ella i l'equip directiu són asseguts a l'estrada. Els altres professors i professores estan asseguts entre l'alumnat.

—M'imagino que esteu ja al corrent del que va passar dilluns.

Calla uns instants i passeja la mirada per l'auditori. Ningú no piula. Efectivament, no deu quedar ningú que no estigui assabentat de l'agressió que va patir la Mireia. Tampoc no hi ha ningú que ignori que s'ha reunit una comissió de convivència i disciplina per estudiar el cas. Els dos afectats, esclar, per raons diferents encara no han aparegut pel centre. Sé que la Mireia pensa tornar dilluns vinent. Ja en tinc ganes.

La directora ens posa en antecedents sobre el procediment que van seguir per formar la comissió que ha estudiat el cas. També ens explica els diferents passos que ha dut a terme la comissió. Alguns d'aquests passos me'ls conec perquè han requerit la meva col·laboració o la d'alguns companys i companyes. Hem hagut de contestar preguntes, especialment jo, la més amiga de la Mireia i qui la va trobar amb en Cèsar.

—Després d'escoltar els dos implicats i els testimonis d'aquesta història tan desagradable —acaba la directora—, la comissió ha arribat a la conclusió que ha tingut lloc un acte de violència de gènere. Que en Cèsar, en virtut d'unes idees sexistes, a més d'assetjar la Mireia durant un cert temps, especialment a partir del moment en què ella va donar per acabada la relació, va acabar agredint-la. L'ideari del centre estableix, com a prioritats, la igualtat entre noies i nois i la tolerància zero davant la violència, sigui de gènere, sigui escolar; per tant, la comissió ha acordat expulsar en Cèsar.

Un xivarri creixent segueix les paraules de la directora.

Ei! No m'ho crec! No el poden pas expulsar durant tot el curs. No està permès que un alumne es quedi sense escolaritzar.

—Silenci! —diu la directora amb autoritat—. Ja sabeu que l'expulsió no pot ser definitiva, de manera que la comissió ha decidit que tindrà el termini màxim permès. Trigarem encara un temps, doncs, a tenir en Cèsar entre nosaltres. Per petita que sigui una agressió —i aquesta no ho ha estat—, s'ha de tallar d'arrel. Perquè qualsevol agressió suposa el començament d'una escalada que té difícil aturador. La tolerància zero consisteix precisament a no tolerar ni la més petita agressió, ni la més petita falta de respecte.

Ens torna a observar des de la seva talaia. Tothom calla.

—Espero que aquesta sigui l'última vegada que passem per uns fets tan terribles. Confio que mai més no s'haurà de reunir una comissió de convivència i disciplina per decidir l'expulsió d'un altre alumne per haver practicat violència de gènere. Ni cap altra mena de violència, esclar.

El discurs de la directora continua encara uns minuts més, però jo ja no l'escolto. Penso en la Mireia. No sé si li ha arribat la notícia, però tinc ganes d'anar a casa seva a comprovar-ho i a assegurar-me que s'està recuperant.

Des del sofà de casa seva, la Mireia ens escolta a mi, a la Berta i a l'Elisenda.

—Ja sabia que la comissió havia pres la decisió d'expulsar-lo. Me n'alegro; no puc dir una altra cosa. No és rancúnia; és por. M'estimo més no creuar-me'l mai més a la meva vida.

—Doncs te l'hauràs de creuar per força perquè tornarà —diu l'Elisenda.

La Mireia diu que no.

—No. Sé que no tornarà.

—¿Com ho saps?

—Ho sé per la meva mare. Li ha arribat la notícia —no em pregunteu com— que el pare i la mare d'en Cèsar li han trobat lloc en un altre centre, lluny del nostre. Per a mi, és un descans saber-ho.

Totes ens en fem el càrrec.

Tot d'una la Mireia em somriu i em pica l'ullet.

—Carlota, pots estar ben contenta.

—¿Per què? —li pregunto desconcertada. Ara no sé de què em parla.

—Perquè, sense haver-m'ho proposat, t'he proporcionat molt material per al teu diari blau.

Ens agafa un atac de riure a totes. És un atac una mica desproporcionat, com si alliberéssim la tensió viscuda en els últims dies. Tot d'una, la Mireia recupera el seu posat més seriós.

—Ara de debò: tinc clar que he estat una dona maltractada. Mai no m'hauria imaginat que em pogués passar a mi.

—Tothom es pot convertir en víctima si es donen les circumstàncies adequades —recordo jo.

—I el que és pitjor —afegeix ella—: he trigat molt a adonar-me'n.

Li premo la mà.

—El cas és que te n'has adonat.

—Sí, però una mica tard... —diu fent una ganyota pallassa. I afegeix—: Ara ja sé que si un noi em desperta un sentiment de protecció, de voler-lo salvar, he d'estar alerta. O, tal vegada, és millor que ho deixi córrer, que no m'hi emboliqui.

Crec que la Mireia ja ha començat el procés de recuperació.

—Per cert —afegeix amb un somriure que li il·lumina la cara—, us he d'anunciar que la setmana vinent torno als entrenaments de bàsquet.

Totes estem encantades i aplaudim la decisió.

—Doncs, ¿voleu que us digui una cosa? —diu la Berta—. Jo també em pensava que no tenia ni gota de dona maltractada, però llegint el diari blau m'he adonat que sí, que sóc una dona maltractada. Que totes som maltractades.

—¿Què vols dir? —demana l'Elisenda.

—Per exemple, quan a classe hi ha un debat, sovint els nois es riuen de les nostres opinions, sobretot si són diferents de les d'ells. No sé què us passa a vosaltres, però sí sé el que em passa a mi: que he acabat per dubtar del meu propi criteri i he arribat a pensar que més val no obrir la boca si no vull sentir-me ridícula.

—Tens raó —dic—. L'actitud d'ells és un micromasclisme, que diria l'Octàvia; o sigui, una microviolència.

—Doncs, el que hem de fer és no callar, no acoquinar-nos —diu l'Elisenda. S'atura uns segons i, després, continua—. Si considerem que totes o gairebé totes som dones maltractades per culpa dels micromasclismes, he d'admetre que també la meva mare ho és.

La mirem sense dir res. Jo em pregunto a quina mena de maltractaments es deu referir l'Elisenda.

—No li pega, no —ens tranquil·litza—. Però quan tornen de treballar, el meu pare s'asseu a llegir el diari, mentre la meva mare fa el sopar. I els dissabtes, mentre la mare va al supermercat, el meu pare va a jugar a tennis i els diumenges mentre el meu pare veu el partit de futbol, la mare planxa. Això també és una forma de microviolència, ¿o no?

—I tant que sí: el teu pare té dret al lleure i la teva mare, no. Quina injustícia!

—I encara una altra microviolència. Per exemple, quan ens fan llegir una novel·la protagonitzada per una noia, i els nois de la classe es queixen i diuen que volen llegir llibres que parlin de nois —afegeix la Berta.

—És veritat! —crida l'Elisenda—. En canvi, les noies llegim els llibres amb protagonista masculí sense problemes.

Me les miro totes:

—Ei! Hem de lluitar sempre per no tolerar ni la més mínima mostra de violència sexista a les nostres vides. ¿D'acord?

—D'acord! —contesten totes amb solemnitat.

18 de novembre

La Candela aprofita l'hora de tutoria per parlar-nos de la violència de gènere i de la violència escolar. No agafo apunts perquè tot el que explica ja ho tinc apuntat al diari blau.

—Bé —dóna les explicacions per acabades, la Candela—. I ara voldria saber qui té idees per combatre la violència, ja sigui la violència de gènere o la violència escolar. ¿Algú pot aportar solucions per eradicar-les de la nostra societat?

Tothom dóna idees que jo transformo en un nou esquema per al meu power point:

Diapositiva 13

Per lluitar contra la violència de gènere i la violència escolar:

- els dominadors han de canviar la seva manera de veure el món.
- els dominadors han d'aprendre també a controlar les seves emocions i a expressar-les de manera adequada i no pas amb la violència.
- les víctimes han de prendre consciència dels seus drets.
- les víctimes han d'estar convençudes que les coses poden ser d'una altra manera.
- el grup no pot mirar cap a un altre costat, sinó que s'ha d'implicar en la defensa de les víctimes.

—I, sobretot —afegeix la Candela—, cal augmentar la consciència democràtica de tothom. Per ser autènticament demòcrata, una persona no en té prou de no fer mal, a més tampoc no ha de consentir que ningú en faci.

—¿I tu creus que tot això es pot aprendre? —pregunto.

—I tant que sí. Una persona que ha après la violència a casa seva pot aprendre altres maneres de relacionar-se. Per entrenarvos en les relacions de paritat, per aprendre nous models de relació basats en la igualtat, us recomano que visiteu aquesta web: http://www.educarenigualdad.org/

—Jo tinc un altre suggeriment —diu en Gabi—: seria fantàstic que deixés d'existir la idea de masculinitat i de feminitat que hi ha actualment.

—¿Et refereixes a la masculinitat entesa com algú fort, dominant, autosuficient, agressiu, competitiu, amb capacitat de decisió i de lideratge? —dic jo. I lamento que avui en Narcís no hagi vingut a classe, perquè estic segura que podria aportar la seva visió i probablement coincidiria amb la meva.

—¿I la idea de feminitat entesa com que una dona ha de ser afectuosa, tendra, acollidora, tímida, ha de tenir predilecció per la canalla i ha de ser sensible a les necessitats dels altres? —diu la Candela.

—Doncs sí. Crec que hem de fer desaparèixer aquests patrons i hem d'instaurar un únic patró: el de persona. I a partir d'aquí, cadascú que tingui les seves peculiaritats individuals.

—A mi, em sembla una molt bona idea —diu la Candela—. Ens estalviaríem els estereotips que tant han convingut a la societat patriarcal.

—I jo m'estalviaria un munt de problemes —diu en Gabi—. Perquè, tot i que no responc al patró de masculinitat que es dóna per bo, tot i que m'agraden els nois, sóc un noi i, per damunt de tot, sóc una persona.

—Doncs ni t'explico els problemes que s'haurien estalviat i que encara ara s'estalviarien la meva mare i la seva companya —diu en Carles.

19 de novembre

Avui al migdia, aprofito que en Marc no és a casa per penjar-me a l'ordinador. Trobo un nou document d'en Gregor. Nou i, pel que sembla, últim.

Gregor Samsa 8
Blog: Memòries d'un escarabat miserable
«El caçador caçat» serà el títol de la meva primera pel·lícula.

O si no: «El maltractador maltractat». Qualsevol d'aquests dos títols em servirien per posar en imatges el final de la història de l'Aníbal Lecter. Resulta que, després del partit perdut per culpa del penal fallat, han aparegut unes pintades al meu institut. Diuen això:

«Gil,
beneit,
si no saps tocar la bimba,
dedica't al conreu dels enciams
i deixa el futbol per als teus companys».

Des d'aleshores, cada vegada que algú passa pel costat de l'Aníbal-Gil —ara ja saps com es diu, almenys de cognom— li amolla: «¿què, nano, com van els enciams?». O bé: «Ei, tu! ¿ja creixen?». El paio està fet pols. I, per acabar-ho d'adobar, ja ningú no el vol a l'equip de futbol, ni tan sols l'entrenador, que el fa seure al banc al meu costat. L'Aníbal no té esma ni tan sols per ficar-se amb mi. Jo no dic res, però prenc nota de tot per a la pel·lícula que faré quan sigui director de cinema.

Em sembla que aquesta història ha arribat al final i em sembla també que ja no escriuré res més en aquest blog. Primera perquè, a part de tu, spiderwoman, ningú no em llegeix. I segona, perquè si escrivia era per deixar anar tensió. I ara, la tensió s'ha acabat!

Li deixo un comentari i la meva adreça de correu electrònic:

Ara que ja m'havia acostumat a llegir el teu blog, em sentiré una mica òrfena, però m'alegro que els teus malsons quedin enrere. Per si de cas vols mantenir el contacte amb mi, et diré que em dic Carlota Terrades, tinc disset anys i visc a Barcelona.

Ho ha dit spiderwoman el 19 de novembre a les 14:19

I per fi arriba l'Octàvia. La mare ha preparat un sopar esplèndid: una tagine de be. I ha convidat el pare i la Lídia.

Abans de seure a taula, l'Octàvia ens diu, a en Marc i a mi, que ens vol donar els regals. Em moro d'impaciència per saber què m'ha portat.

—Els altres us heu de conformar amb bombons de xocolata... —avisa l'Octàvia.

—¿D'Anglaterra? —diu la mare, amb un to d'estranyesa total.

—No, guapa. Bombons francesos, naturalment!

—Mmmmm! —fa la Lídia, que té una gran debilitat per la xocolata.

Aleshores, l'Octàvia dóna un paquet a en Marc i un altre a mi. Obro el meu: uns pantalons acampanats semblants als dels anys seixanta!

—Súper! —li dic.

—Oh! Espera't, que no ho saps tot. Aquests pantalons els he comprat al Soho, en una botiga de roba de segona mà, que ara mateix està molt de moda.

Em miro el pare, que fa cara de pomes agres. N'estava segura! Al pare, aquestes coses no li fan el pes.

—I aquests pantalons són els que portava als anys seixanta la Sandy Shaw.

—¿La qui? —pregunto.

—Sandy Shaw. Una que cantava descalça —aclareix la mare.

—Sí. Es va presentar al festival d'Eurovisió amb una cançó que feia: «Tomorrow I'll see him. Tomorrow he's arriving home after being away quite some time» —canta la Lídia, mentre la mare també taral·leja l'estrofa.

—Bona memòria —diu l'Octàvia.

M'emprovo els pantalons, que em queden molt bé de mida, tot i que una mica llargs.

—Es poden escurçar —diu la mare.

El pare sacseja el cap, gens convençut que m'hagi de posar aquests pantalons.

—M'agrada més el que has portat a en Marc —fa el pare.

En Marc es passeja fent el fatxenda amb la seva samarreta, també anys seixanta, amb el símbol de la pau dels hippies.

Per fi seiem a taula. Mentre mengem, l'Octàvia s'interessa pel meu diari blau.

—Ja l'he acabat. Només em falta, però, trobar una solució perquè els homes s'impliquin en la lluita contra la violència de gènere i contra el sexisme, en general.

—Doncs a mi em sembla que la solució és molt fàcil —diu en Marc—. Hi he estat pensant i crec que els homes demòcrates i progressistes de debò ens hem de fer feministes.

—Ei!, pesolet! Em sembla que has tingut una gran idea.

—El problema és com posar-la en pràctica —diu la mare.

—Elemental! —diu en Marc—. Només he de crear una associació d'homes i nois feministes.

—És una idea genial! —crido.

—Doncs, ja t'hi pots posar. Tens molta feina per davant —diu la mare.

—No sé si trobaràs gaires homes que es vulguin fer membres de la teva associació —diu el pare.

—Potser de la teva edat, no. Però estic segura que molta gent jove s'adonarà que cal implicar-se en la lluita pels drets de les dones si volem canviar la societat —dic jo.

—¿Recordes quan vam fer l'ACEMI? —em diu en Marc.

—I tant si me'n recordo: l'associació contra els models imposats. La vam crear virtualment quan estava escrivint el diari lila.

—¿I recordes que vam fer una cadena perquè la gent se n'assabentés?

Dic que sí amb el cap.

—Doncs et proposo que fem cadena per veure quants dels nostres amics estarien disposats a ajudar-nos crear una associació feminista d'homes.

—Som-hi! —li dic.

I ens aixequem de taula d'una revolada, disposats a inundar la xarxa de missatges.

20 de novembre

De seguida que em llevo, comprovo el meu correu electrònic. El primer a contestar-me ha estat en Narcís.

Assumpte: homes feministes.
Hola Carlota:
Em sap greu que un microbi de la grip que em va atacar a

traïció m'hagi tingut reclòs a casa els últims dies. En qualsevol cas, el correu electrònic és una ajuda de primera en casos com aquest.

M'encanta la idea d'en Marc i la recolzo totalment. I només vull dir-vos que aquesta associació ja existeix i jo en sóc membre.

L'associació es diu Associació d'Homes per la Igualtat de Gènere (AHIGE) i els nois que la vulguin conèixer, o que s'hi vulguin apuntar, només cal que entrin a aquesta web: http:/www.ahige.org/.

El lema de l'associació és: «Una altra manera de ser home és possible». Els membres de l'associació defensen un model de masculinitat diferent del que sempre ha proposat la societat patriarcal. Un model de masculinitat que té com a base la igualtat, la justícia, el respecte i la solidaritat.

Els membres de l'associació pensen —pensem— que la igualtat real de la dona al món no és possible sense la revolució masculina. I aquesta revolució exigeix que els homes deixin enrere el model tradicional basat en la força, l'èxit i el poder, i s'acceptin com a éssers vulnerables, sensibles i afectius.

En la lluita per la igualtat, tenim tres propòsits bàsics:

—Ser promasculins, o sigui, creure que l'home pot canviar i defensar aquest canvi.

—Ser prohomosexuals, o sigui, comprometre'ns a lluitar contra l'homofòbia i l'opressió dels gais i les lesbianes.

—Ser profeministes, o sigui, lluitar contra el sexisme i la discriminació de gènere.

¿Vols saber per què em vaig fer d'aquesta associació? Després d'una història sentimental que es va trencar per culpa de la meva manera de fer, absorbent, dominant i abassegadora. Jo estava molt enamorat de la noia i el trencament em va deixar fet pols, però em va permetre reflexionar i em vaig adonar que em calia rectificar, que aquell no podia ser el meu model. Ja veus que era un model semblant al d'en Cèsar.

I aquí em tens! Sóc un noi nou. O almenys ho intento.

Ostres! M'ha deixat de pasta de moniato. Pel fet que l'associació ja existeix i per la confessió de com eren els seus esquemes sentimentals. Qui ho havia de dir! I tant si ha aconseguit canviar...! Pel que fa a mi, ha estat d'un respecte francament fora de sèrie. Olé en Narcís; cada dia m'agrada més.

Després d'aquestes reflexions, corro a donar la bona notícia de l'associació a en Marc. I li dic que, de nou, hem de fer cadena perquè molts nois s'hi puguin apuntar.

Plegats, volem cap a l'ordinador. I justament aleshores m'entra un missatge nou.

Assumpte: endevina qui sóc

Estimada Spiderwoman,

Ha estat fantàstic tenir la teva amistat tot aquest temps que ha durat el meu blog. Només vull dir-te que sóc immensament feliç: escapolir-me de la violència de l'Aníbal ha representat recuperar la llibertat i tornar a ser jo. L'escarabat miserable ha sofert una metamorfosi que l'ha convertit en el noi que havia deixat de ser. El millor que m'ha passat en anys.

Un petonàs.

Jesús

Fogueres de Montsoriu-Barcelona, 2005